PRIX : **60** centimes.

ÉDOUARD NOËL

L'AMOUREUX

DE LA MORTE

PARIS

ERNEST FLAMMARION, ÉDITEUR

26, rue Racine, 26.

L'AMOUREUX

DE LA MORTE

DU MÊME AUTEUR

LES CENT JOURS, drame historique, en cinq actes. 1 beau volume in-8°. (*Ouvrage couronné par l'Académie Française*).

LES FIANCÉS DE THERMIDOR, roman historique. 1 volume in-18.

ROSIE, roman parisien. 1 vol. in-18.

AVENTURE INCROYABLE ET VÉRIDIQUE DE MODESTE PARAMBAZ DE BEAUCAIRE, avec une préface de Camille Flammarion et 10 dessins originaux de Henri Pille. 1 vol. in-8'.

LES MANŒUVRES DE FORTERESSE, souvenirs de Vaujours (1894), en collaboration avec M. Henri Mazereau, avec une préface de M. Jules Claretie; dessins et cartes. 1 vol. in-18.

LES ANNALES DU THÉÂTRE ET DE LA MUSIQUE (1875-1895), en collaboration avec M. E. Stoullig. 21 volumes in-18. (*Ouvrage couronné par l'Académie Française*).

Théâtre.

DÉIDAMIE, opéra en 2 actes, musique de M. Henri Maréchal.

PROLOGUE A BÉRÉNICE, comédie en 1 acte, en vers.

DAVID TÉNIERS, comédie en 1 acte, en vers.

UN MONSIEUR QUI A BIEN DÎNÉ, comédie en 1 acte, en vers.

ATTENDEZ-MOI SOUS L'ORGUE! comédie en 1 acte, en vers.

LE SINGE D'UNE NUIT D'ÉTÉ, opérette en 1 acte, musique de M. Gaston Serpette.

LE ROMAN D'UN JEUNE HOMME CHAUVE, comédie en 1 acte.

MAINS LIÉES, comédie en 1 acte.

MARIANNE, comédie en 1 acte, en vers.

ÉMILE COLIN — IMPRIMERIE DE LAGNY

ÉDOUARD NOËL

L'AMOUREUX

DE

LA MORTE

PARIS

ERNEST FLAMMARION, ÉDITEUR

26, RUE RACINE, PRÈS L'ODÉON

Tous droits réservés.

L'AMOUREUX DE LA MORTE

A mon Ami E. GUILBERT,
le sculpteur de « Daphnis et Chloé ».

Elle lui avait écrit un de ces billets tendres dans lesquels elle mettait tout son cœur : « Je suis malade, bien malade, mon pauvre ami. Je pense à vous et je vous aime. Ecrivez-moi. N'y manquez pas un seul jour. Vos lettres me font vivre toute une journée. »

Il y avait trois semaines déjà qu'il ne l'avait pas vue. Pas un jour ne s'était passé sans qu'elle eût reçu de lui la lettre ardemment désirée... Comment s'étaient-ils connus? Tous deux s'étaient rencontrés un jour dans le trajet de Plombières à Paris. Elle revenait d'une saison d'eaux. Lui avait passé trois mois à parcourir les Vosges sans y rencontrer ce qu'il cherchait. Quoi? Il ne le savait pas lui-même. Elle était triste, mais jolie, dans son expression de tristesse maladive. Elle sentait l'abandon et elle en souffrait. Elle en mourait même. Elle avait avec elle une petite femme de chambre, presque une enfant, qui mettait à la soigner un filial empressement. Il s'approcha d'elle et causa. Elle laissa tomber le livre qu'elle lisait sans le lire, un des derniers romans parus; et sembla tout heureuse de voir un étranger s'inté-

resser à elle. Le voyage fut trop court,
assez long cependant pour avoir créé entre
ces deux êtres, étrangers l'un à l'autre tout
à l'heure, un courant d'étroite sympathie.
Il savait son nom, son adresse. Il lui écri-
vit. Elle ne répondit pas, il insista. Elle répondit évasivement, par simple politesse.
Il fit si bien, sut exprimer une tendresse
si affectueuse, si désintéressée, qu'elle vint
à un rendez-vous qu'il lui indiquait. Quelques jours après, elle s'était donnée à lui
dans une crise de larmes. Un moment d'a-
bandon en avait fait sa maîtresse.

Tout cela ne s'était pas passé aussi bana-
lement qu'on pourrait le croire. Tous deux
s'aimaient vraiment, sincèrement. Leur
amour de rencontre s'était transformé en
un attachement réel qui avait survécu à
tout l'assouvissement de leur être. Leur
cœur avait passé de l'un à l'autre dans les

caresses des confidences échangées. Il savait maintenant que, mariée toute jeune à un brutal qui la délaissait, la maternité n'était pas venue la consoler de son abandon. Le chagrin l'avait minée. Elle se mourait, muette et résignée, trouvant dans ces villes d'eaux qu'on lui recommandait, été comme hiver, un prétexte de fuir celui qu'elle aurait voulu tant aimer. Et pourtant...

Lui n'était plus un jeune homme. Il était cependant loin d'être un vieillard. Il paraissait même plus jeune que son âge. On ne lui eût pas donné, à le voir, plus de trente-cinq ans. Cette bonne fortune, si étrangement décidée, l'avait comme rajeuni. Il ne s'y était pas attaché tout d'abord. Puis, il avait senti son cœur sincèrement, étroitement pris, et il l'avait laissé aller. Seul, sans foyer, presque sans famille, l n'avait d'abord vu là qu'une distraction.

Et il avait été bien étonné, un beau matin, en se réveillant dans sa chambre de garçon, de se sentir pris par un charme envahissant. Il essaya de s'en défendre. Il ne le put. Lui, jusqu'ici indifférent à l'amour, et que des liaisons passagères avaient seules distrait, sans le fixer jamais, il aimait. Et il aimait d'un amour de jour en jour plus fort, plus impérieux, et qu'il sentait l'étreindre, comme malgré lui, dans un enserrement irrésistible. Comment cela s'était-il fait? Il ne se l'expliquait pas lui-même. Comment cette femme, inconnue quelques jours auparavant, avait-elle pris tout à coup, sur tout son être, un empire, un ascendant dont il s'était jusqu'alors victorieusement défendu? Cela était. Il en subissait, malgré tout, le charme fatal, le pouvoir enivrant. Elle était devenue, il ne savait comment, le complément indispensable de tout lui-

même. Il eût voulu l'attacher pour toujours
à sa vie. Mais son amour égoïste craignait
pour son bonheur. Il repoussa cette idée,
déraisonnable, irréalisable d'ailleurs, puisqu'elle était mariée. Il ne voulait pas songer
à un enlèvement qui eût créé une situation
fausse entre eux et préparé un dénouement
fatal dans l'avenir. Il répugnait au divorce.
Un duel, quel qu'en dût être l'issue, ne
lui paraissait pas plus acceptable. En bon
chrétien enfin, il ne souhaitait pas la mort
de l'autre. Les choses étaient bien comme
le hasard les avait faites. Il fallait laisser
faire le hasard qui avait si bien commencé.

Elle était pourtant admirablement jolie,
ardemment désirable. Il y avait maintenant plus de bonheur, plus de confiance,
dans tout elle-même. Elle s'était peu à peu
comme transfigurée. C'était une autre

femme que celle qu'il avait rencontrée,
souffrante, maladive, presque morte. Il l'a-
vait réchauffée de son amour. Elle revivait
désormais une vie nouvelle que tous deux
croyaient ne devoir jamais finir.

De loin en loin, ils se retrouvaient dans
ce petit appartement de garçon, où elle venait à la dérobée, troublée rien qu'en passant devant la loge du concierge, qui la
regardait sournoisement sans pouvoir dis-
tinguer les traits de son visage, noyés, sous
un coquet chapeau de saison, dans un flot
de dentelles choisies. Elle était tout étonnée
de se voir, saine et sauve, devant la porte
qui s'ouvrait aussitôt pour la laisser entrer. L'escalier eût dû s'effondrer sous ses
pas. Il lui semblait que la maison allait
s'écrouler sur elle, pour la punir de la
faute qu'elle se reprochait. Elle l'eût voulu
même pour racheter sa faute par un châti-

ment exemplaire et mérité. Elle eût disparu de la sorte, inconnue, ignorée. Qui eût pu la retrouver, la reconnaître, dans la mutilation de cet écrasement souhaité? Mais ce n'était là qu'une vision passagère et assombrie. L'espoir ne tardait pas à renaître. Quel espoir? Elle ne le savait pas. Elle était heureuse de vivre, heureuse de le faire vivre, lui, par tout le bonheur qu'elle lui apportait.

Les jours où elle devait venir, sa chambre se transformait comme par enchantement. Partout, les fleurs qu'elle aimait, qui l'enivraient et dans le parfum desquelles elle oubliait jusqu'à sa présence... Ces jours étaient trop rares, trop lointains. Il insista pour qu'elle vînt plus souvent. Mais elle lui fermait aussitôt la bouche avec ses adorables petites mains. Comment pouvait-elle faire? N'avait-elle pas tout à ménager, leur bonheur même? Les devoirs de famille, les nécessités mondaines la réclamaient impérieusement et étaient autant d'objections. Elle n'y mettait pas le plus petit calcul, ne songeait pas à se faire désirer pour être mieux appréciée. Que tout cela était loin de son esprit! N'était-ce pas déjà beaucoup, ce qu'elle parvenait à faire? Exiger davantage serait risquer de tout compromettre, et elle ne le voulait pas. Elle défendait son bonheur. Dans l'intervalle de ces rares et courtes visites, elle lui permettait de se rapprocher d'elle, de l'apercevoir de loin, au spectacle, où elle jouissait silencieusement de sa présence; dans une réception officielle, où un furtif serrement de main lui faisait ardemment désirer la prochaine entrevue. Et lui, il s'était habitué, à la longue, à cet amour intermittent, qui résumait maintenant toute

son existence. Elle l'avait si bien raisonné,
elle l'avait si délicieusement charmé, qu'il
n'y avait pas de vide pour lui, et que les
souvenirs qu'elle lui laissait après elle
étaient comme la continuation de cette vie
nouvelle. Il y avait, dans leur amour, un
mélange de sensualité et d'idéal, d'imagination qui, tout en les tenant éloignés l'un
de l'autre, les enchaînait étroitement l'un
à l'autre. Ils pouvaient désormais se passer
de se voir, ils étaient liés par un pacte impérieux qui faisait leur vie solidaire, leurs
existences fatalement unies. Leur passion
s'aiguisait encore de leur séparation, et ils
ne se retrouvaient que pour mieux oublier
leurs désirs.

Au début de leur liaison, il avait bien
songé à se faire présenter au mari, à devenir
l'ami, le commensal de la maison. Rien ne lui
eût été plus facile assurément. Mais cette

combinaison lui avait été aussitôt odieuse.
Il l'avait repoussée avec indignation de sa
pensée. C'eût été la vie de trop de gens à la
fois, une promiscuité malhonnête et ser-
vile. Leur amour eût été dépoétisé par cette
compromission vulgaire. Leur affection,
qu'il se représentait si noble, si grande,
eût perdu de ce caractère mystérieux, original, ignoré, qui lui plaisait. Et puis, son
honnêteté répugnait à transformer en un
trafic prémédité de tous les jours l'échange,
si naturel à ses yeux, de leur amour. Cet
homme, il ne lui volait rien, après tout,
en agissant comme il le faisait. Il ne le connaissait pas. C'est à peine s'il l'avait aperçu
quelquefois, et de loin. Ses traits n'étaient
pas autrement demeurés gravés dans sa
mémoire. Pourquoi n'avait-il pas mieux su
apprécier le trésor qu'il possédait? C'était
bien sa faute, après tout, ce qui était ar-

rivé. Certes, cette femme, qu'il embellissait de toutes les vertus qui sont au monde, qu'il parait de toutes les plus pures beautés, cette femme ne fût jamais devenue sa maîtresse si elle avait rencontré le bonheur là où elle était en droit de le trouver, où elle l'avait même sûrement cherché. Fallait-il donc qu'elle fût malheureuse toute sa vie, parce qu'elle avait, dans son ignorance de jeune fille, par l'imprévoyance de sa famille, uni sa destinée à celle d'un rustre qui ne l'avait pas comprise? Fallait-il qu'elle fût privée de toutes les joies permises, parce que le hasard l'avait faite la compagne d'un homme qui s'était senti incapable de les lui donner? Ah! il l'arrangeait bien dans son esprit, ce mari, qu'il rendait responsable d'une faute dont il savourait, en raffiné qu'il était, les coupables et secrètes jouissances. Décidément, il pré-

ferait ne pas le connaître : il se fût repro-
ché doublement le serrement de main auquel il n'aurait pu se soustraire.

Et puis, quand il l'avait rencontrée, cette
jeune femme, maîtresse de tout son cœur,
de tous ses sens, de tout lui-même, enfin,
elle était épuisée, mourante. Sa tombe était
creusée comme la résignation dans tous ses
traits. Ne lui avait-il pas rendu la vie, la
santé, et avec elle tout le bonheur dont elle
était digne et qui lui avait manqué jusqu'alors? Grâce à lui, ne revivait-elle pas
heureuse, fière, triomphante? Elle était son
œuvre. Il avait fait ce miracle, et quelqu'un viendrait aujourd'hui la lui disputer!
Ah! elle lui appartenait bien; c'était une
conquête qu'il avait le droit de revendiquer
hautement, le devoir de défendre, même
contre le mari. Il était prêt à tout pour
elle, à sacrifier sa vie s'il le fallait. Que

viendrait-il réclamer, ce mari insouciant,
qui n'avait pas su la protéger, la sauver
d'elle-même, qui l'avait abandonnée dans
une arrière-pensée de calcul peut-être?
C'était un criminel, ni plus ni moins, et il
accusait le législateur de n'avoir pas prévu
ce crime, impardonnable à ses yeux, plus
odieux que tous les autres crimes que pu-
nissait la loi. Pourquoi ne s'était-il pas
trouvé là, lui, plutôt que cet étranger, pour
prétendre à la main de cette jeune fille,
qu'on avait assurément mariée au premier
venu qui s'était présenté sans le connaître,
sans même lui demander compte de l'état
de son cœur? N'eût-il pas offert de plus sérieuses garanties de bonheur, de fortune
même? Et il accusait les parents insou-
ciants qui n'avaient pris en considération
que les convenances du moment. Il accusait la société de prêter froidement la main

à des unions sans nécessité, sans raison,
sans amour. Comme il se trouvait au-des-
sus de toutes ces compromissions men-
songères que le hasard social avait pla-
cées entre lui et son bonheur!

Il avait ce jour-là d'excellentes raisons
pour s'abîmer dans ces considérations phi-
losophiques. Il attendait. La veille, au
milieu du tourbillon d'un bal, elle lui avait,
en passant, glissé rapidement ce simple
mot à l'oreille: Demain! dans lequel il
avait entrevu tout un horizon de joies lon-
guement attendues, de satisfactions pa-
tiemment escomptées. Tout était prêt pour
la recevoir. Tout son être l'embrassait déjà
dans ce souvenir évoqué de leur dernière
entrevue. Un soleil de printemps envoyait
du dehors, tamisés par des rideaux mystérieux, de chauds et clairs rayons qui l'en-
veloppaient de caresses. Il se promenait par

toute la chambre, allant et venant, anxieux,
avec tout un monde de pensées dans le cerveau, un feu dévorant de désirs dans le
cœur. Il allait de la fenêtre à la porte, regardant dans la rue sans voir personne,
écoutant impatiemment les bruits de l'escalier. Le balancier de la pendule marquait
des battements trop lents à son gré. Il s'arrêtait et la contemplait comme pour lui
commander d'aller plus vite. Les minutes
se faisaient longues. De secrètes appréhen-
sions commençaient à l'envahir. L'heure
était déjà passée à laquelle elle avait l'habitude de venir... Il se demandait comment
elle, toujours si exacte, si fidèle, n'était pas
encore dans ses bras... Qu'était-il advenu ?
Il ne songea pas à se dire qu'un retard est
toujours, en somme, une chose toute naturelle. Il ne pensa pas davantage à l'accuser.
Il la sentait si bien à lui, que, pour rien au

monde, il n'eût voulu l'effleurer d'un soupçon. Il avait dormi toute la nuit précédente,
en rêvant à elle, avec ce mot : demain, qui,
de son oreille où il était tombé, était des-
cendu tout droit à son cœur. Demain ! pour
lui, demain était déjà passé ! Elle ne viendrait pas, puisqu'elle n'était pas venue. Il
contempla tristement toutes les fleurs qu'il
avait réunies à grand'peine depuis le matin
pour en faire le nid embaumé de quelques
instants d'amour. Elles lui semblèrent
avoir perdu de leur fraîcheur. L'absence
les avait hâtivement fanées. Elles ne bril-
laient plus de cet éclat que l'espoir leur
avait donné... Il n'avait pas, malgré cela,
manifesté le moindre signe d'impatience...
Il était soucieux, inquiet, mais non mécon-
tent. Il crut un moment qu'il s'était mépris,
qu'elle n'avait pas prononcé ce mot de demain qui l'avait ravi, qu'elle ne lui avait pas

donné de rendez-vous, qu'il avait pris son
désir pour la réalité. Et pourtant il était bien
certain de l'avoir entendu, ce mot magique.
Elle l'avait sûrement prononcé. Il ne se fût
pas trompé à ce point... C'était la première
fois qu'elle manquait au rendez-vous fixé
par elle, et il ne pouvait s'expliquer la déception que cette attente prolongée lui causait.
Les heures passaient, son imagination enfiévrée évoquait tous les instants passés de
leurs amours... Il revécut, par la pensée,
en quelques minutes, tout le temps depuis
qu'ils s'étaient rencontrés. Et ce souvenir, après l'avoir satisfait un moment, lui
rendit plus sensible l'absence de l'adorée.
Il attendait toujours... Il la voyait tout à
coup entrer dans sa chambre, coquettement
parée comme à son ordinaire, mystérieusement enveloppée, s'excusant de s'être fait
attendre. Que de caresses s'ensuivaient !

Mais c'était là un jouet capricieux de son cerveau, une erreur de ses sens fatalement abusés ! Et le silence, autour de lui profond, le rappelait presque aussitôt à ses dévorantes inquiétudes. Cela n'était pas naturel. Il commençait à tout redouter. Un instant, il se dit que le mari avait tout appris, qu'elle courait un danger, qu'il l'avait tuée peut-être, qu'il allait le voir apparaître, terrible et menaçant. Mais l'insouciance de cet homme lui revint à la mémoire. Ce n'était pas là qu'était le danger, s'il y en avait un. Il fallait chercher d'un autre côté, mais à tout prix sortir de cette cruelle inquiétude.

Son domestique entra et lui remit une lettre qu'il saisit d'une main tremblante... Le coup de sonnette déjà l'avait fait tressaillir... C'était bien d'elle... Son visage exprima le sentiment d'une joie inquiète... Quelques mots seulement, écrits à la hâte,

dans tous les sens du papier, lui envoyaient
un baiser d'amour, d'excuse et de regrets.
Elle ne viendrait pas... La veille au soir, en
sortant du bal, elle était rentrée malade et
avait dû prendre le lit aussitôt. La fièvre
s'était emparée d'elle, et elle avait passé
une nuit affreuse. Le médecin, mandé en
toute hâte dès le matin, s'était montré
indécis. Il avait commandé le repos le plus
absolu... Elle ne pouvait venir. Ce ne serait
rien, sans doute, mais il lui était défendu
de sortir. Elle pensait à lui, au chagrin qu'il
aurait de ne pas la voir. Elle lui demandait,
de son côté, de penser à elle, de lui écrire
surtout par les mêmes moyens dont il avait
l'habitude dans les circonstances pressantes.

Comme il fut heureux de n'avoir pas
songé un seul instant à l'accuser ! Ainsi,
elle souffrait loin de lui, et tout lui était

interdit pour la secourir... Il relut la lettre.
Ne lui cachait-elle pas une partie de la vérité ? N'était-elle pas plus souffrante qu'elle
le disait? Combien serait-il sans la revoir ?
Ah! comme il eût voulu courir à elle !
Comme il maudissait cet autre, ce mari,
dont la présence était un obstacle au soula-
gement qu'il aurait voulu lui apporter ! car
il était certain que sa présence, à lui, lui
donnerait des forces ; que sa parole lui ap-
porterait des consolations, que ses baisers
calmeraient sa fièvre, que son étreinte chasserait le mal. Car ce mal, il se l'exagérait
encore. Mais non, il était cloué à la même
place. Il lui était interdit de faire un pas
vers elle, même en invoquant les sentiments
de la plus simple humanité ! Que devien-
drait-il, s'il ne la revoyait plus? Que de-
viendrait-elle sans lui ? Son égoïsme
d'homme s'effaçait par moments pour ne

laisser place qu'à elle seule dans ses préoccupations inquiètes. N'importe, il fallait
faire quelque chose. Lui écrire d'abord ;
puis, si la maladie se prolongeait, elle trouverait bien un moyen de le faire venir auprès d'elle. Les femmes sont si ingénieuses
quand elles aiment ! Il n'admettrait pas
qu'elle pût vivre de longs jours sans le revoir, ne fût-ce qu'un instant.

Il entra dans son cabinet de travail, relut
encore une fois la lettre, qu'il porta à ses
lèvres, et se mit à écrire. Il avait des larmes
dans les yeux qui tombaient brûlantes sur
son papier. Il lui dit en quelques lignes
émues tout son amour, et tout ce qu'il
éprouvait présentement de tristesse de
ne pas la voir. Il y avait bien un peu d'é-
goïsme dans les sentiments qu'il traduisait.
L'homme ne disparaît jamais complètement. Il le comprenait et s'en défendit de

son mieux. Il chercha à se dégager tout
entier de lui-même. Il fit des efforts surhumains pour qu'elle vît bien qu'il ne voulait
penser qu'à elle. Il voulait, avant tout, son
bonheur, son repos, sa tranquillité, sa vie !
Il lui fit toutes les recommandations que
lui dictait son affection réelle. Puis, sous
une double enveloppe, il adressa, par la
poste, la lettre baignée de ses larmes à la
petite femme de chambre, qui, depuis près
d'un an, avait été seule au courant de leurs
discrètes relations. Il lui glissa même
quelques mots pour lui recommander sa
maîtresse, à laquelle il la savait pourtant
bien attachée et dévouée. Il savait aussi
qu'elle avait été souvent témoin des bruta-
lités du mari, et c'était une âme dans laquelle il se reposait entièrement et en toute
sécurité. Il lui prescrivait de le prévenir de
tout ce qui se passerait, de le tenir au cou-

rant des moindres incidents de la maladie,
de l'appeler même en cas de danger sérieux.
Il ne réfléchissait plus. Sa passion avait
égaré sa raison. L'inquiétude troublait son
jugement. Le soir, il reçut une nouvelle
lettre. Le médecin était revenu, il n'avait
pas osé se prononcer, mais il avait recommandé les plus grandes précautions, et,
instinctivement, elle avait compris que la
maladie serait longue, qu'il se passerait
beaucoup de tristes journées avant qu'elle
le revît. Elle se désolait. Elle ne voulait
cependant pas vivre sans lui. Elle lui demandait de lui écrire tous les jours, d'obser-
ver, dans leur intérêt commun, la plus
scrupuleuse prudence. Avait-elle donc besoin de lui faire de semblables recommandations ?

Il fut comme fou !... Il sortit pour donner
un autre cours à ses pensées. L'air du soir

le fouetta au visage. Il le ressentit sans en
souffrir. Il ne songeait qu'à elle. Il se reprochait, malgré cela, son peu d'inquiétude. D'autres se tourmentaient amèrement
plus que lui... Il les enviait et éprouvait un
frisson vague de jalousie inexpliquée. Il se
reprochait d'être impuissant. Que ferait-il
pourtant ? Les projets se succédaient dans
sa tête, tous plus impraticables les uns que
les autres. De sa famille à elle, de toutes
ses relations, il ne connaissait qu'elle. A
qui s'adresserait-il donc ? Il se trouvait im-
prévoyant de n'avoir pas réussi à créer depuis un an, entre eux, des liens communs
qui lui eussent servi aujourd'hui de rapprochement naturel. Il passa et repassa
sous ses fenêtres. Tout était silencieux
dans la rue déserte qu'elle habitait. Il ima-
ginait, plutôt qu'il ne voyait, des lumières
qui allaient et venaient derrière les volets

fermés, comme dans un appartement où
règne l'inquiétude. Il fut tenté de questionner le concierge et par lui de faire
descendre un domestique. Il parlerait
d'elle. Puis, il réfléchit que cela pourrait
sembler suspect. Que demandait cet inconnu ? Que réclamait-il ? S'il allait impru
demment éveiller des soupçons ? Certes,
ce n'était pas le moment. S'il allait, par
une démarche inopportune et inexplicable,
dont on voudrait assurément connaître la
cause, créer des embarras qui aggraveraient
son mal, troubleraient le repos dont elle
devait avoir tant besoin ? D'ailleurs, ne lui
avait-elle pas recommandé la plus extrême
prudence ? Ne serait-ce pas lui désobéir ?
Sa vie n'était-elle pas entre ses mains ?...
Il la revit telle qu'il l'avait connue au début
de leurs chères relations ! Il avait en ce
moment la vision de cette pâleur d'alors

qui l'avait tant frappé ! Elle était là, debout
devant lui, avec les signes précurseurs de
la mort dans ses traits. Il eut peur. Ainsi,
lui, qui lui avait rendu la joie de vivre, qui
l'avait réconfortée de son amour, qui lui
avait inspiré la sainte confiance, il ne pouvait rien. Et il se disait qu'elle l'appelait
sans doute à son secours. Il entendait le
son plaintif de sa voix, et, dans la nuit,
comme un écho douloureux, les souffrances
qu'elle endurait. Et si elle allait l'accuser
d'indifférence ! Si en n'entendant plus
parler de lui, durant de longues journées,
elle allait le méconnaître, l'oublier ! Mais
non, cela n'était pas possible. Elle connaissait la sincérité de leur attachement. Ne
lui avait-elle pas rappelé elle-même le
moyen d'échanger, par correspondance secrète, de tendres paroles ? Il ne devait pas
douter d'elle pas plus qu'elle ne doutait de

lui. Le lien mystérieux qui les unissait se briserait à l'effleurement du moindre soupçon... Ne vivait-elle pas de toutes ses pensées, qu'un pouvoir inconnu lui communiquait, et ne souffrirait-elle pas de les sentir si peu en rapport avec les siennes?

Il s'attarda dans les rues, sur les boulevards, indifférent à tout ce qui se passait autour de lui. Il avait un grand vide dans l'âme qu'il ne cherchait pas à combler. La nuit, pour lui, fut pleine de cauchemars atroces. Au matin, le soleil de mai, en pénétrant dans sa chambre, lui apporta un peu d'espoir. Ce soleil, elle en devait ressentir les bienfaits réconfortants. C'était le beau temps en perspective, c'est-à-dire l'espoir, la santé pour les malades. Il ne fallait que de la patience. Il fut de nouveau raisonnable et confiant. C'était une vie

spéciale à organiser pendant quelques
jours. Son existence serait-elle changée
d'ailleurs? Ne restait-il pas auparavant des
semaines entières sans la voir, sans la
posséder? Ne lui fallait-il pas attendre
longtemps les rares moments où elle se
donnait à lui corps et âme, dans l'enivre-
ment d'un amour partagé? Les devoirs du
monde, le souci de sa réputation, les soins
de sa famille ne lui laissaient jamais beaucoup de temps à lui consacrer. Pourquoi
serait-il plus impatient? Allait-il se montrer plus exigeant parce que la maladie la
clouait chez elle et lui avait fait manquer
leur dernier rendez-vous? Il était un
mélange d'inanité et de raison. Il rai-
sonnait ainsi son égoïsme et parvenait
à le combattre pour n'avoir plus à cette
heure d'autre souci que son rétablissement,
qu'il eût voulu hâter aux dépens de sa

propre existence. Il s'entoura de ses souvenirs.

Elle avait fait faire en cachette, pour lui,
une miniature qu'elle lui avait offerte le
jour anniversaire de leur rencontre en chemin de fer. Elle avait voulu fêter cette date
heureuse dans sa vie, en lui laissant son
portrait, pour qu'il pût l'avoir, à toute
heure, présente à sa pensée comme à ses
yeux. Et cette miniature, pour la conserver
à l'abri de regards indiscrets, il l'avait en-
fermée dans un médaillon habilement ma-
chiné, sorte de reliquaire d'amour, appendu à la tête de son lit, où il dissimulait
l'image de l'adorée derrière une reproduc-
tion minuscule de la Vierge de Murillo. Un
ressort, merveilleusement combiné, subs-
tituait tout à coup l'une à l'autre. Alors il
la revoyait. C'était bien elle, peinte avec
une fidélité ravissante par le pinceau d'un

de nos plus illustres artistes. Elle se déta-
chait de ce cadre jaloux de la posséder, véritable objet d'art, dans tout l'éclat de ses
trente ans qui lui avaient jusqu'ici compté
peu de joies et apporté beaucoup de tristesses. Elle était rayonnante d'amour, avec
du bonheur dans ses yeux doucement alan-
guis, un voile abaissé sur ses paupières
franchement ouvertes. Le peintre ne l'avait
pas faite plus belle qu'elle n'était en réalité.
Nul autre que lui ne connaissait le secret
enfermé dans ce bijou, où il la dérobait à
tous, où il la tenait pieusement cachée à
tous les regards comme l'image d'une
sainte appelant la dévotion. C'était là toute
sa vie désormais. Et quelle vie! abîmée
dans un amour sans issue, sans avenir
pour elle comme pour lui. Cette réflexion
le mettait hors de lui-même. A cette heure,
il la contemplait pour la questionner, pour

lui reprocher tendrement d'avoir laissé
déjà passer plusieurs heures de la matinée
sans lui avoir encore adressé de ses nou=
velles tant attendues. Ne devait-elle pas
bien savoir qu'il était inquiet et malheureux, pris par toutes sortes d'idées tristes,
de pressentiments funèbres? Pourquoi ne
l'avoir pas rassuré par un mot après une
nuit d'angoisse? Pourquoi même ne lui
avoir pas dit toute la vérité? Son devoir à
elle n'était-il pas de lui écrire?

La lettre, si ardemment désirée, lui
arriva enfin! Elle avait reçu la sienne et
en avait été bien heureuse. Elle le suppliait
de ne pas s'inquiéter, de continuer à lui
écrire, de ne pas lui en vouloir si elle res=
tait un jour, deux jours, plus peut-être,
sans lui adresser même un mot. Il devait
comprendre son embarras. On avait fait
venir une religieuse, et elle n'était plus

libre de ses mouvements. Elle pensait à lui
et plus que jamais il vivait en elle. Que ne
pouvait-il lui donner ses soins? Certes, elle
l'eût désiré vivement, mais était-ce possible
et ne valait-il pas mieux se résigner et
attendre? Il obéit et résolut dès lors de se
conformer en tous points aux prescriptions
qui lui étaient faites et lui semblaient
sages. La maladie suivait son cours. Il savait maintenant qu'il s'agissait d'une
fluxion de poitrine, avec des complications
du côté du cœur. Et, comme il avait eu une
sœur chérie, morte quelques années auparavant de ce même mal, il en vint à se dé-
sespérer. La présence de cette religieuse
l'inquiétait. Il se disait qu'on ne l'eût pas
fait venir si on n'avait pas eu des craintes
sérieuses. Puis, il changea d'idée et ne vit
plus là qu'une manière du mari de se dé-
charger d'une responsabilité gênante.

Il alla consulter des médecins qu'il connaissait et qui, ne comprenant rien à ce
qu'il voulait dire, se répandirent en des
dissertations scientifiques, à perte de vue,
qui le découragèrent. Il ne se rebuta pas
pour si peu. Il chercha des consultations
auprès des maîtres de la Faculté qui, à ses
premières paroles, le prirent pour un fou,
et l'éconduisirent poliment en lui assurant
qu'il n'avait rien à craindre pour lui-
même. Ainsi, c'était lui qui passait pour
malade, et on le renvoyait avec de bonnes
paroles, avec des mots d'affectueuse pitié.
Il se désespéra de ne rien savoir, de ne
pouvoir rien augurer. Il accusait la science
de lenteur, d'impuissance. Il songea sérieusement à consulter une somnambule
fort à la mode, en ce moment, dans le
monde élégant. L'idée d'avoir à montrer des
lettres, de la nommer, elle, de donner même

sans le vouloir, une indication quelconque,
le détourna de ce projet, qu'il taxa de ridi-
cule. Il se résigna à attendre, à espérer, à
former des vœux, puisqu'il n'y avait pas
autre chose de possible dans sa situation
tourmentée.

Tous les jours jusqu'ici, il avait reçu une
lettre au moins, quelquefois deux, dans la
même journée. Elles étaient devenues de
plus en plus rassurantes. Elles étaient en
tous cas toutes pleines d'amour, débor-
dantes de tendresse et de chaude affection...
Il s'était fait de son côté un devoir d'écrire
tous les jours et ce devoir lui était doux.
Il eût écrit des pages entières, s'il n'avait
craint de fatiguer sa chère malade. C'était
le seul moyen qui lui restait de se mettre
en rapport avec elle, d'unir leurs âmes si
brutalement séparées. Elle lui répondait
qu'elle était sage, raisonnable, prête à se

soumettre à tout ce que voudraient les médecins pour guérir plus vite et plus sûrement. On était bon pour elle. On la soignait
avec un affectueux dévouement. Cette dernière phrase l'exaspéra. Quel était cet on ?
Son mari, sans doute ! Il fut pris d'un accès
de jalousie féroce qui le rendit malheureux
jusqu'au soir. Il ressentit des colères
sourdes contre cet homme, qu'il haïssait
sans le connaître, qu'il ne connaissait plutôt que pour avoir fait le malheur de celle
qu'il adorait... Il ne se disait pas que c'était
précisément le malheur auquel ce mari
l'avait condamnée, qui avait jeté cette
jeune femme entre ses bras. N'importe, il
maudissait cet homme, capable d'avoir
méconnu une aussi adorable créature. Il ne
lui reconnaissait pas le droit d'être pris
d'une pitié tardive, après s'être montré si
longtemps cruel et indifférent, après avoir

été à coup sûr la cause de la maladie dont
elle souffrait, dont elle mourrait peut-être.
Tout son être se révoltait à la pensée qu'il
était seul auprès d'elle. Sa place n'était pas
à son chevet. Cette place lui appartenait,
à lui qui avait déjà réussi à la sauver d'elle-
même, qui l'avait rendue plus confiante
dans la vie. Ah ! s'il s'écoutait... comme il
chasserait ce misérable, qui lui volait son
bien ! Puis, il riait en lui-même de sa folie
et revenait à des sentiments plus calmes,
plus mesurés.

Ce mari n'était pas plus pour elle, après
tout, que la religieuse qui la soignait. Elle
n'acceptait pas évidemment ses soins avec
plus d'empressement. Alors quel grief pouvait-il avoir ? De quoi s'alarmait-il ? Eût-il
donc préféré la savoir isolée, abandonnée,
privée de soins parce que lui ne pouvait
approcher d'elle ? C'était là une pensée

barbare, insensée, indigne de lui et qu'il
réprouva aussitôt. Il finit même par accepter la chose comme toute naturelle, et il
en vint à désirer que ce mari, si odieux, la
soignât mieux encore. Il le gourmandait,
il le haranguait dans ses hallucinations
solitaires, trouvait qu'il ne faisait pas assez
bien les choses, qu'il ne déployait pas assez
de dévouement, assez de zèle. Il l'exhortait
à des consultations de médecins célèbres.
Sa fortune lui permettait bien des sacrifices ; elle les lui commandait même. Re-
garderait-il à des sacrifices d'argent, lorsqu'il s'agissait de la santé, de la vie d'une
femme, de la femme que le ciel avait faite
sa compagne sur cette terre ? Délire des
sens, trouble cérébral, irritation passagère
qui le hantaient sous les formes les plus
diverses, les plus bizarres. Il se sentait
tout à coup, par un revirement singulier,

pris d'amitié pour ce mari, contre lequel il s'emportait rageusement un moment auparavant. Il se le représentait volontiers maintenant au chevet de la malade. Il le trouvait bon, meilleur que lui. Il le remerciait sans plus songer à sa jalousie de tout à l'heure. Il le préférait à lui, dont l'affection était fatalement impuissante, dont les soins imaginaires ne pouvaient être pris pour autre chose que pour de la folie.

Un jour, il ne reçut pas la lettre accoutumée. Toute la journée, il l'avait attendue, et elle n'était pas venue. Il fut repris d'inquiétude. Il courut tout droit chez elle, ne voulant pas admettre la possibilité d'un malheur. Pour lui, ce silence ne pouvait s'expliquer autrement. Il questionna adroitement des habitants du quartier, de petits commerçants du voisinage, qui le considérèrent avec des yeux tout grands ouverts

et lui répondirent sur un ton d'indifférence. Cela le rassura. Il vit sortir le mari,
qui monta dans sa voiture et passa devant
lui sans paraître autrement inquiet. C'était
bien toujours cette même figure plate et
insouciante qu'il lui connaissait. Il le regarda s'éloigner. Il eut alors l'idée de monter à l'appartement sous le prétexte banal
de prendre des nouvelles de la part de la
première personne dont le nom se serait
présenté. Il n'osa pas. Elle lui avait tant
recommandé la prudence ! Et d'ailleurs, la
concierge, une femme d'âge, au visage pla-
cide, qu'il avait questionnée sur l'éventualité où l'appartement du premier pourrait
devenir libre, lui avait tranquillement répondu qu'il n'y fallait pas songer, que les
locataires actuels y tenaient, étaient tenus
par un long bail dont ils ne songeaient pas
à se défaire. Il fut tout honteux de sa dé-

marche, s'accusa de sottise et reprit, plus
confiant, plus rassuré en tous cas, le chemin de son logis.

Pour la première fois, il hasarda, dans
une lettre, un mot de timide reproche qu'il
regretta presque aussitôt qu'il l'eut laissé
partir. Après tout, elle ne pourrait lui en
vouloir de le lui avoir exprimé. Elle n'en
verrait qu'une preuve de son attachement,
de ses inquiétudes, de la souffrance que
son silence lui causait. Il n'osa pas s'a-
vouer le chagrin qu'il allait peut-être lui
occasionner. Il chercha à se rappeler les
termes dont il s'était servi dans sa lettre. Il
ne les trouva pas trop durs. Il n'y vit que
l'expression de son affectueuse sollicitude.
Si cependant il était allé plus loin qu'il n'a-
vait voulu, si elle allait l'accuser de ne
penser qu'à lui, de n'écouter que son
égoïsme d'homme? Mais non, il était certain

de n'avoir pas dépassé les limites d'un
affectueux et doux reproche. Mais savait-on
aussi ce qu'on écrivait, et celui qui lit une
lettre qui lui est adressée n'y voit-il pas
tout autre chose, beaucoup plus même
que n'a voulu y mettre celui qui l'a écrite?
Et il ne se pardonnait pas ce mouvement
irréfléchi. Il regarda la miniature ouverte
à gauche de sa cheminée. Il lui sembla lire
un reproche dans ses yeux. Il les vit mouil-
lés de larmes ; sa physionomie avait pris
une teinte de tristesse. Ses joues n'avaient
plus cette fraîcheur qu'il leur connaissait.
Son ancienne pâleur était revenue.

Ah! comme il s'accusa alors! Comme il
fut dur pour lui! L'indifférence, la froideur
de l'autre lui semblèrent préférables à
son exigence calculée. Il avait stupidement
souillé d'un soupçon son affection pour
elle, et il ne se le pardonnait pas. Il ne dor-

mit pas de la nuit, tourmenté par le remords, par la crainte d'avoir causé un
chagrin, un malheur même. Il maudissait
son inepte jalousie. Il eût voulu ressaisir
la lettre, l'intercepter tout au moins dans
la loge du concierge. Le souvenir de sa démarche de la veille rendait cette opération
presque impossible. Décidément, il ne faisait que des sottises. Les premières lueurs
du matin dissipèrent ses cauchemars. Il
s'exagérait évidemment la portée de ce
qu'il avait pu lui dire. Sa main se serait
refusée à écrire ce qu'il ne pensait pas. Il
plaidait pour lui-même les circonstances
atténuantes.

L'heure désirée du courrier lui apporta
deux lettres. L'une était de la chère malade, toute pleine d'affectueuses pensées,
d'effusion de tout son être. Comme il la
trouva supérieure à lui! Elle n'avait pu

écrire la veille, et elle s'en excusait. Elle
avait dû subir une opération qui l'avait fait
beaucoup souffrir et n'avait pas permis
qu'elle fût seule un instant de la journée.
Du reste, il lui devenait de plus en plus
difficile de trouver un moment pour lui
écrire. Il lui était arrivé des parents de
province, appelés par son mari, qui ne la
quittaient pas. Il n'avait donc pas à lui en
vouloir jamais. Elle pensait à lui, elle l'aimait... Il était aimé ! Que voulait-il de
plus ? Il fallait s'en remettre à la Providence
du soin de l'avenir. Cette révélation lui
causa presque de la joie. Il y aurait désormais quelqu'un entre elle et son mari. Car
plus d'une fois, il avait craint que cette
maladie n'amenât un rapprochement entre
eux, qu'elle se crût obligée par la recon-
naissance, que la pitié chez elle éveillât
l'amour. Que serait-il devenu si lui, l'autre,

la reprenait maintenant corps et âme? La
présence de ces étrangers lui donnait de la
sécurité. Il complétait sa pensée en se disant que, si elle avait été sérieusement en
danger, on ne lui eût pas imposé tout ce
monde auprès d'elle.

L'autre lettre portait le timbre du Finis-
tère. Il en brisa l'enveloppe. On lui apprenait qu'une ferme, attenant à une propriété qu'il possédait en Bretagne, avait été
détruite par un incendie, qu'il en résultait
des pertes sérieuses, et on lui demandait
d'arriver sur-le-champ. Sa présence, sur le
lieu du sinistre, était indispensable pour
constater et établir le dommage, pour voir
aux plus pressantes nécessités. Il était prié
de partir sans retard. Partir! Le pouvait-
il, en ce moment? Son éloignement lui parut chose impossible, monstrueuse même.
Il avait là-bas un régisseur; chargé du gou-

vernement de ses biens, qui suffirait à la
tâche. Qu'était du reste un dommage maté-
riel à côté des inquiétudes mortelles par
lesquelles il passait depuis quelques jours ?
Ce fut la première idée à laquelle il s'arrêta. Il enverrait tous les pouvoirs qui lui
seraient demandés. Il ne pouvait humaine-
ment s'éloigner, quitter Paris, même pour
quelques heures. Un télégramme qui lui
parvint dans la journée confirmait la te-
neur de la lettre du matin et réclamait plus
impérieusement encore sa prompte arri-
vée. Il fallait des circonstances particu-
lières pour qu'on le pressât ainsi et qu'on
ne pût se passer de lui au sujet d'une perte
matérielle à laquelle il ne saurait remédier.
Néanmoins le télégramme était conçu en
termes si explicites et si pressants, qu'il
changea tout à coup de résolution. Son absence après tout ne serait que de quelques

jours. Puisqu'il n'avait pas l'occasion de
voir sa maîtresse en ce moment, ce voyage
ferait diversion à ses préoccupations. Il
s'arrangerait pour que ses lettres lui fus-
sent régulièrement adressées, afin de continuer à avoir de ses nouvelles. Elle pourrait lui écrire directement là-bas. Il prit du
papier et lui conta, avec toute sorte de
ménagements, pour ne pas l'effrayer, en
lui en cachant la portée, le désastre qui
l'atteignait. Il ajouta qu'il était obligé de
partir, mais qu'il ne resterait pas plus
d'une semaine absent. Il lui fit une foule
de recommandations, celle entre autres de
ne pas mettre d'interruption dans l'échange
de leur correspondance. Tous ces jours, il
voulait recevoir un mot, soit d'elle, soit de
la petite femme de chambre. La réponse
ne se fit pas attendre. Elle déplorait avec
lui la mauvaise nouvelle qu'il lui apprenait.

Elle prenait bien part à tous ses ennuis et
lui enjoignait de ne pas retarder son départ
à cause d'elle. Elle ne paraissait pas autrement inquiète de son état. Elle allait mieux,
beaucoup mieux même, et elle espérait bien
être en situation de le revoir aussitôt son
retour. Elle s'était levée le matin pour la
première fois depuis bien des jours, et elle
s'était trouvée bien de cet effort. Elle n'a-
vait pu lui écrire qu'à grand'peine, entou-
rée qu'elle était constamment par les siens.
Elle attendait toujours ses lettres avec impatience et lui faisait prendre l'engagement
de ne se point tourmenter s'il n'en recevait
pas d'elle. Elle vivait avec lui toujours. Son
éloignement à lui ne les séparait pas plus
qu'ils n'étaient déjà séparés. Et il y avait,
dans tout ce billet, écrit à la hâte, d'une
main fiévreuse, une insistance si affectueuse, un attachement si profond et si

vrai, qu'il n'hésita plus. Plein de confiance désormais dans le retour à la santé de sa bien-aimée, il fit promptement sa valise, aidé par son domestique. Il comptait revenir bientôt et n'emportait que les objets les plus indispensables.

Le soir même, l'express l'entraînait dans la direction de la Bretagne. Le lendemain, après une nuit en chemin de fer, remplie par des pensées diverses, où il la revoyait à ses côtés dans ce même wagon où il l'avait connue et aimée, il débarquait à la station de Morlaix. Il fut reçu par son notaire et son régisseur. On lui avait caché la plus grosse part de la vérité. La ferme était détruite de fond en comble. Les récoltes de l'année précédente avaient disparu dans l'incendie, et, avec elles, des bestiaux de toute nature, des chevaux de prix. Enfin, pour surcroît de malheur, le fermier avait

négligé de renouveler en temps utile la
police d'assurance qui se trouvait périmée.
La perte était irréparable. Il n'attacha tout
d'abord que peu d'importance à tous ces
dégâts. Il verrait plus tard, il prendrait
des dispositions, il s'arrangerait. Ce qui
le préoccupa le plus fut le sort de la femme
du fermier, sa sœur de lait, qui, pour fuir
le danger, s'était précipitée d'une fenêtre
du premier étage, et dans sa chute avait eu
les deux jambes brisées. Elle était mourante. D'accord avec ses hommes d'affaires,
il prit immédiatement les mesures néces-
saires pour qu'elle ne manquât de rien et
fût soignée avec toute la sollicitude que sa
situation réclamait. En règle avec ce devoir
humanitaire, il s'installa tant bien que mal
dans son château inhabité, à quelque distance de la ferme incendiée, où il n'était
pas venu depuis dix ans déjà. Son régisseur

ne le quittait pas et ne lui laissait que peu
de temps pour ses rêveries, dont son âme
avait tant besoin.

Le soir, il parvenait à s'échapper. Alors,
il en profitait pour se promener sous les
grands arbres de son parc, où le printemps
ramenait des floraisons nouvelles, où il lui
semblait entendre la sève monter sous
l'écorce des chênes robustes. Son être à lui
aussi était plein de ce renouveau qu'il sentait tout autour de lui, dans un effort de la
nature mystérieusement accompli. L'im-
mensité n'était pas assez grande pour contenir toutes ses inquiétudes. La contemplation de la nature endormie n'apportait
qu'un remède insuffisant au mal qui le
dévorait. Il avait écrit tous les jours et
n'avait pas encore reçu le moindre petit
mot. Qu'est-ce que cela voulait dire? Il
avait plusieurs fois télégraphié à son domi-

cile, d'où il lui avait été aussitôt répondu
que tout ce qui était venu lui avait été
immédiatement expédié. C'est en vain
qu'il avait, dans ses lettres, renouvelé son
adresse en Bretagne; rien ne lui était encore parvenu. Pas un mot, à lui qui avait
tant besoin d'être rassuré! Il était tourmenté. L'isolement, au lieu d'être un
apaisement, accroissait son chagrin. De
noires idées commençaient à l'envahir, et
ce n'était qu'en tremblant qu'il évoquait,
dans les intervalles que lui laissait le règle-
ment de ses affaires, l'image de la lointaine
amie. Il lui semblait que le monde entier
les séparait. Après ces longues promenades
de la soirée, où il tressaillait à chacun de
ses pas résonnant sur le gravier des longues allées, il s'enfermait dans la bibliothèque du château. Il rejetait aussitôt les
livres qu'il avait pris et où il ne trouvait

pas de situation comparable en tristesse à
la sienne. Les héroïnes de roman n'appro-
chaient pas de l'idéal caressé qu'il portait
dans tout son être. Il avait des désirs qu'il
ne s'expliquait pas, des rages qu'il cherchait à contenir. Le sonnet d'Arvers lui
tomba sous les yeux. Il le lut, le relut et le
relut encore. Son imagination fut comme
surexcitée par l'expression de ce sincère et
discret amour. Un besoin de poésie l'enva-
hit. Il se sentit troublé, secoué par une inspiration vague dont il ne se rendait pas
compte. Il eût voulu, lui aussi, adresser à
l'adorée l'expression de tout ce qu'il res-
sentait, dans la fièvre d'une inspiration
soudaine, dans l'effort réalisé d'un enthousiasme sincère. Il prit une plume, le papier
qui se trouvait devant lui, et machinalement improvisa ces quelques vers, qu'il
jugea superbes parce qu'ils lui semblaient

peindre fidèlement, à cette heure, l'état
de tout son être endolori, l'image de sa
situation intolérable.

Hélas! où donc es-tu, souveraine maîtresse ?...
Sans toi, je ne vis plus... sans toi, je n'ai plus rien.
Viens... je suis fou d'amour... dans mes bras je te presse...
Je t'attends, toi, ma vie, et te veux, toi, mon bien.

J'aurai pour te chérir des trésors de tendresse,
Tant de caresses pour lier mon corps au tien
Que tu ne voudras plus goûter une autre ivresse
Ni connaître ici-bas d'autre amour que le mien...

Mais je pleure et gémis... vainement je t'appelle!
Qu'importe à nos serments que ton cœur soit fidèle...
Si l'absence à mes vœux te dérobe toujours?...

Mon sang bout... Insensé!... je sens que je blasphème.
N'es-tu pas bien à moi... je te possède et t'aime.
L'absence est impuissante à flétrir nos amours...

Il avait composé ce sonnet presque sans
y penser. Il l'intitula triomphalement:
l'*Absence!* Il n'était pas, à ses yeux, moins

beau ni moins parfait que celui d'Arvers.
Il exprimait, en termes non moins nobles,
des sentiments tout aussi brûlants, tout
aussi vrais. Cet effort de son imagination
l'avait fatigué et meurtri. Il avait besoin
d'air pour rafraîchir ses esprits, pour retrouver ses idées. Il sortit et se promena
longtemps dans la nuit en se récitant à lui-
même les quelques vers que son amour
venait de lui inspirer. Il se trouva bien de
cette solitude, de ce calme, qui lui avaient
tant pesé les jours précédents. Il éprouvait
en lui-même une douce satisfaction, un
bien-être inconnu. Les échos de la nuit lui
renvoyaient ses vers dans une musique
silencieuse. Il croyait reconnaître la voix
de la bien-aimée. Elle lui répondait. Il
jouissait d'un bonheur suprême. Un charme
étrange l'envahissait. Il s'abandonnait à ces
visions de son esprit malade, à ces caprices

de son imagination enfiévrée. Il regardait
au loin dans les profondeurs de l'obscurité
qui lui découvraient des horizons incon-
nus. Sa pensée dévorait l'espace qui le
séparait d'elle. Il se sentait enlevé dans des
chevauchées fantastiques. Il rêvait tout
éveillé. La fraîcheur de la nuit le rappela
à la réalité, au néant de sa situation. Il rentra au château, mit les vers sous une enveloppe toute préparée à l'adresse de l'amie
absente et s'endormit sur le divan de la
bibliothèque.

Le retour du jour ramena pour lui d'autres préoccupations. Il s'attabla avec son
régisseur. Les paperasses passaient et re-
passaient entre ses mains, léchées par le
feu, à moitié consumées, quelques-unes
indéchiffrables. Il aurait préféré que tout
fût brûlé. Indifférent à toute cette besogne,
il approuvait sans les écouter les proposi-

tions qui lui étaient faites. Les jours se passaient. Il y avait déjà trois semaines qu'il était installé là, et il n'avait pu encore s'arracher aux sollicitations de ses hommes d'affaires, qui avaient déclaré ne pouvoir rien terminer sans lui. Ah ! comme dans toute autre circonstance ce séjour lui eût été délicieux ! S'il n'avait eu l'inquiétude de la femme aimée, malade loin de lui, comme il aurait vécu heureux dans cette solitude qu'il eût peuplée de tous ses souvenirs, de tout ce qui était elle ! A quels rêves ne se fût-il pas abandonné, rêves partagés, car il ne lui semblait pas possible que, même à tant de kilomètres de distance, elle ne ressentît pas les impressions qu'il éprouvait lui-même. Leurs deux existences étaient si étroitement liées désormais, si parfaitement confondues ! Et pas une lettre d'elle ne lui était encore parvenue. Un silence glacial comme la sensation de la mort. Il avait continué d'écrire et il n'avait reçu d'elle aucune réponse. Précautions superflues que celles qu'ils avaient prises ! Tout avait été déjoué ! Ils étaient dans l'ignorance l'un de l'autre. La recommandation qu'elle lui avait faite de ne jamais se tourmenter s'il ne recevait rien d'elle ne lui suffisait plus. Il y avait trop longtemps qu'il était sans nouvelles, et il ne s'expliquait plus ce silence évidemment inquiétant. Il redoutait moins un malheur qu'une rupture occasionnée par telle ou telle circonstance fortuite. Le mari avait-il découvert le secret de leurs cœurs ? Etait-elle surveillée au point de ne pouvoir même toucher à une plume ? Avait-elle pardonné au repentir sincèrement exprimé en face de la souffrance ? Autant d'énigmes qu'il ne parvenait pas à déchiffrer. Il ne voulait pas

s'arrêter à cette dernière idée. Non, cela
n'était pas possible. Elle le lui eût avoué
honnêtement. Pouvait-elle vouloir briser
son cœur, toute sa vie? Elle était de celles
qui se donnent et ne se reprennent pas.
Elle s'était donnée à lui, elle était à lui
pour toujours. Il ne vivait plus que dans
une perpétuelle angoisse, que n'apaisait
pas le soin de ses affaires. Il n'y tint plus.
Un matin, son notaire ne le trouva pas au
rendez-vous convenu. Une lettre de lui
expliquait évasivement qu'il avait été
obligé de partir. Il laissait plein et entier
pouvoir, approuvant d'avance tout ce qui
serait fait par l'homme de loi d'accord avec
le régisseur. Ils furent l'un et l'autre fort
surpris de ce brusque départ, que rien ne
leur avait fait prévoir. Ils estimèrent leur
client très heureux d'être tombé sur des
gens de leur sorte. Et, forts de ce brevet de

probité qu'ils s'octroyaient gracieusement,
ils continuèrent leur besogne.

Il débarqua à Paris, le cœur serré, l'esprit
tout plein d'agitations contraires. A son
domicile, il ne trouva rien. Il n'avait pas à
questionner autrement son domestique,
puisqu'il l'avait toujours laissé dans l'i-
gnorance de ce qui lui était le plus cher au
monde. On n'avait entendu parler de personne, on n'avait rien à lui apprendre. Les
lettres qu'il avait l'habitude de recevoir
n'étaient point venues, et du reste on n'aurait pas manqué de les lui expédier. Cette
épreuve devenait trop pénible. Il voulait
savoir et craignait d'apprendre. Il prenait
ses dispositions pour sortir, et ses pas
étaient comme enchaînés à la même place.
Que fallait-il penser? Il prit enfin la direction de la maison qu'elle habitait, sondant
l'inconnu, interrogeant l'espace. Il fit des

détours pour ne pas y arriver trop vite...
Un vague pressentiment le retenait. Un besoin de savoir l'entraînait. Rien n'était
changé. C'était la même rue avec les mêmes
immeubles l'écrasant de leur impassibilité muette et ironique. Il se promena longtemps, traversant et retraversant la rue,
l'arpentant dans tous les sens, interrogeant
les fenêtres les unes après les autres, exigeant d'elles la révélation d'un secret
qu'elles ne voulaient pas dire. Il se hasarda
sous la porte cochère, regarda autour de
lui dans la cour et ressortit sans avoir osé
rien demander à personne. Que pouvait-il
y avoir de changé, puisqu'il retrouvait tout
à la même place? La boutique d'une mercière, chez qui il était déjà entré une fois,
jetait sur le trottoir de la rue les éclairs de
son gaz flamboyant. Il se sentit attiré par
cette lumière enveloppante. Il entra sous

le prétexte d'une acquisition, se fit étaler
différents objets, qu'il apprécia sans les
regarder, qu'il acheta sans y penser. La
commerçante, tout heureuse de cette
clientèle singulière, se prêtait avec un empressement manifeste à toutes ses exigences.
Elle vidait complaisamment tous ses
rayons. Ces opérations successives avaient
délié sa langue. Elle parlait à tort et à travers, vantant le goût, la distinction de ses
clients du voisinage. Il le remarqua et
trouva, dans cette loquacité mercantile, le
moyen d'apprendre ce qu'il voulait savoir.
Il achetait toujours, au grand ébahissement
de la marchande, qui tombait inconsidé-
rément dans le piège qui lui était tendu.
Elle était à bout de phrases... Elle avait
épuisé tout son vocabulaire de circonstance... Jamais sa patience commerciale
n'avait été mise à une pareille épreuve. Ja-

mais aussi elle n'avait rencontré un client
à ce point accommodant. Il en profita pour
renouveler le thème de la conversation, qui
languissait visiblement. Enfin, il osa. Il
prononça comme par mégarde le nom de
la dame qui habitait en face comme celui
d'une parente... Elle le regarda tout interdite. Ce coup d'œil fut pour lui toute une
révélation.

— Hélas! mon pauvre monsieur... quelle
bonne dame c'était! et comme tout le
monde la regrette dans le quartier!

Cette exclamation triviale lui avait tout
appris. Il fut terrassé... Il manqua de se
trouver mal et fit des efforts surhumains
pour ne rien laisser paraître du coup qu'il
venait de recevoir en pleine poitrine. Une
sueur glacée perlait son front. Ses jambes
fléchissaient. Il se cramponna au comptoir
pour ne pas tomber. Et, pendant quelques

minutes qui lui semblèrent des siècles, il
dut endurer toute une oraison funèbre...
Quelle bonne dame! Et comme elle était
aimée de tous... Ah! elle n'était pas fière!
Et quelle cliente! ne marchandant jamais...
toujours satisfaite... Et puis des gens bien
honnêtes, dont personne ne pourrait rien
dire... Ah! on s'était bien intéressé à elle
pendant tout le cours de sa maladie... Et il
y avait un monde à son enterrement...
Toute la rue était pleine.

— Mais voyez-vous, mon bon monsieur,
ajouta-t-elle, la pauvre dame n'était pas
heureuse, et c'est ce qui l'a tuée... Elle
avait toujours l'air si triste, si résigné...
Ah! ça faisait vraiment de la peine, de la
voir ainsi... Pour sûr, depuis quinze jours
qu'elle est morte et enterrée, elle est peut-
être plus heureuse comme elle est.

Il en avait assez entendu... Il jeta quel-

ques louis sur le comptoir, représentant
bien au delà le prix des marchandises
qu'il avait choisies... et s'enfuit, sans réclamer sa monnaie, sans rien emporter de
ce qu'il venait d'acheter.

— Quel original !... se contenta de dire la
mercière en voyant la porte de son magasin
se refermer sur son étrange visiteur. Il n'a
même pas laissé son adresse... Bah! il re-
viendra, ajouta-t-elle... Et, sans plus penser
à lui, elle se mit en devoir de faire un lot
de tous les objets désignés et largement
payés, ne doutant pas qu'on viendrait un jour
ou l'autre les lui réclamer, et plaça le tout
soigneusement dans un coin de la boutique
après avoir poussé un soupir de satisfaction, comme si elle avait voulu dire qu'après
tout cela ne l'embarrassait pas autrement
et qu'on pouvait bien les envoyer chercher
quand on voudrait.

Ainsi, depuis quinze jours, elle était
morte! Il n'en avait rien su. Il ne s'en était
même pas douté. Il s'en faisait comme un
reproche... Et pendant ces quinze jours, il
avait continué de vivre avec elle par la
pensée. Il n'avait pas cessé de lui écrire, de
lui adresser chaque jour une de ces lettres
par lesquelles il se rapprochait d'elle, il revivait avec elle les heures passées! Qu'é-
taient devenues ces lettres? Oh! comme il
se sentait coupable de n'avoir rien deviné,
de n'avoir pas prévu au moins que ce malheur pouvait lui arriver! Il n'avait pas pris
assez de précautions pour avoir de ses nouvelles, savoir à quoi s'en tenir de l'état de
sa maladie. Il était bien temps, maintenant! Et il pensait avec un regret cuisant
qu'à certains moments de ces quinze jours,
il avait pu être joyeux, il s'était pris à espérer! Ne devait-il pas prévoir cet événe-

ment? N'avait-il pas eu, à de certaines
heures, des pressentiments secrets auxquels
il n'avait pas attaché assez d'importance?
Sans doute, il était parti plein de confiance
et plein d'espoir... C'était là ce qui lui paraissait le plus pénible. Elle lui avait avoué
dans une de ses dernières lettres qu'elle se
sentait mieux, que les médecins lui avaient
promis un prompt retour à la santé si elle
savait être raisonnable en se conformant à
toutes leurs prescriptions. Et il se rappelait qu'il lui avait aussitôt répondu pour
l'exhorter à la patience, à tout supporter
pour être à même de le retrouver bientôt.
Elle lui avait tant recommandé de ne pas
s'inquiéter s'il ne recevait rien d'elle, que
tout allait bien, qu'elle était dans le plus
grand embarras pour lui écrire... Mensonge
généreux auquel il se reprochait d'avoir
ajouté foi! Elle avait tant et si doucement

insisté pour qu'il continuât à lui adresser
ces quelques mots d'amour qu'elle lisait à
la dérobée, dans le silence de son alcôve,
dans les plis de ses rideaux, et qui la rat-
tachaient à l'existence. Il reprit ses lettres
les unes après les autres... Il les relut, les
dévora, dans le transport d'un souvenir
enfiévré... Dans quelques unes, elle formait
des projets d'avenir pour tous les deux Les
médecins n'avaient pas caché que la convalescence serait longue; qu'après l'été, employé à se soigner, il serait prudent d'aller
passer l'hiver dans le Midi... Elle pensait
que, dans ce Midi, où son mari la laisserait
certainement partir seule, ils pourraient se
voir en toute liberté... Elle caressait, dans
son imagination de malade, le projet d'ha-
biter une petite villa sur les bords de la
mer bleue, perdue dans un bouquet d'arbres, où elle serait seule avec sa petite

compagne, si bonne, si dévouée... Son mari
n'y viendrait pas souvent, s'il y venait
même... Alors, ils pourraient vivre quelques jours d'une vie commune, comme s'ils
étaient mariés. Elle avait soin, dans ce
rêve qu'elle faisait comme en se jouant, de
choisir cette villa bien seule, bien isolée, à
l'abri des indiscrétions. Il ne fallait pas
que ce secret de leur amour fût violé, que
le mystère de leur affection transpirât au
dehors. Pas n'était besoin de témoin pour
leur bonheur. Il avait accepté avec joie la
réalisation de cette éventualité souriante...
Il n'était pas douteux pour lui qu'elle était
promise à la santé puisqu'elle formait de
semblables projets, et il ne pouvait raisonnablement la croire menacée quand les
médecins étaient d'accord pour lui pres-
crire, dans un avenir assez éloigné encore,
le séjour dans le Midi pour l'hiver qui

allait venir. Comme ils rattraperaient vite
le temps perdu, car il y en aurait encore.
Il ne se dissimulait pas qu'elle ne pourrait
sortir avant longtemps. Il était raisonnable
comme elle le lui avait tant recommandé. Il
ne pensait à sa chère malade que pour
souhaiter son rétablissement. Il ne vivait
plus que dans l'espoir de cet avenir charmant qu'elle lui promettait, et qui devait
être le couronnement de leur amour. Et
tout cela s'en était allé où vont les rêves.
Ces illusions avaient-elles du moins apporté
quelque consolation à ses derniers moments, quelque remède à ses souffrances ?

Elle était morte! Il y avait quinze jours
déjà qu'elle n'était plus de ce monde, quinze
jours pendant lesquels il lui semblait qu'il
n'avait pas cessé de la posséder, de l'aimer. Il s'était si étroitement identifié à
elle, que, depuis leur séparation, il avait

vécu d'une vie double dans laquelle les besoins de son imagination la lui représen-
-taient toujours à ses côtés. L'hallucination
le faisait vivre et il l'appelait de toutes ses
forces pour lui donner l'illusion à défaut
de la réalité. En Bretagne, où il s'était
trouvé aux prises avec les difficultés du rè-
glement de ses affaires, il évoquait de loin
son intérieur solitaire, cette chambre où il
l'avait trop rarement possédée. Il s'y trou=
vait tout à coup transporté comme par enchantement. Elle était là, près de lui. Il la
voyait. Il lui parlait. Elle lui répondait. Il
embrassait ses cheveux. Il la couvrait de
baisers. Comme il l'étreignait entre ses
bras, en lui jetant à l'oreille de ces mots
d'amour qu'elle savait si bien dire et
qu'elle écoutait si tendrement ! Il fermait
ses beaux yeux de ses lèvres caressantes.
Il la possédait tout entière. C'était une

existence d'imagination sensuelle qui lui
rendait à la fois le souvenir de ce qui
avait été et l'espoir de ce qui pouvait être.
Et, quand il sortait de ces rêves, fatigué,
exalté, surmené par ce labeur de son esprit
malade, personne ne lui aurait fait croire
qu'il ne l'avait pas tenue là, quelques instants auparavant, palpitante, énamourée,
enivrée comme lui d'amour et de bonheur.
Elles passaient si vite et à de si lointaines
distances, dans sa vie, ces apparitions déli-
cieuses de l'adorée, qu'elles laissaient chez
lui les traces d'un rêve avec des désirs inas-
souvis, des soifs d'amour mal étanchées.
C'était chaque fois une vision de quelques
heures à peine, il est vrai, vision aussitôt
disparue, mais dont le souvenir lui rendait
des forces si naturelles pour la faire revivre
du néant où le rejetait si cruellement leur
séparation.

Pendant quinze jours, il avait aimé, il avait possédé une morte, dans le besoin d'amour qu'elle lui inspirait.

Et il pensait qu'il ne la verrait plus, que sa beauté était maintenant ensevelie, souillée déjà même, que la terre la lui disputait victorieusement, que la mort, cette fin de tout, avait creusé entre elle et lui un abîme éternel. Ah ! la revoir morte ! Il y pensa, puis il s'effraya à l'idée que cet étrange désir pourrait se réaliser. Son amour serait-il assez fort pour résister aux outrages de la tombe ? Il la voyait tout à coup se dresser devant lui dans le travestissement du linceul... Elle ne lui avait pas été ravie pour toujours ! Ce n'était pas possible ! Dieu ne l'avait pas voulu ! Il savait, ce Dieu qu'il invoquait si soudainement, la sainteté de leur amour... Il la reverrait, il la retrouverait dans une autre vie. Espoir chimérique

que son incrédulité chassait aussitôt. Consolation funeste qui le faisait souffrir davantage ! Qu'avait fait la terre de cette
image charmante, de ces traits adorables,
de cette chevelure si douce, de cette chair
vivante ? Il voulait le savoir à tout prix. Il
trouverait bien prétexte à une exhumation.
Il ne vivait plus qu'avec le besoin de la revoir une dernière fois avant qu'elle fût devenue poussière. Il voulait retrouver dans
ses traits encore intacts le secret des souffrances qu'elle avait endurées pour se les
infliger à son tour comme un bienfaisant
et consolant martyre !

Il courut à l'administration des pompes
funèbres. Il pensa avoir là des renseignements qu'il ne se précisait pas lui-même.
Il apprit d'un employé, qui le reçut sans lui
demander qui il était, l'église dans laquelle
avaient été célébrées les obsèques, le cime-

tière où s'était faite l'inhumation. On finit par retrouver et on lui communiqua sans difficulté une lettre de faire-part du décès, confondue avec mille autres du même genre. Il ne s'étonna pas de l'indifférence avec laquelle on répondit à toutes ses questions, on se prêta à toutes les recherches. Il contempla ce papier avec sa large bande noire tout autour, élégant et recherché, et qui ressemblait à toutes les invitations de même nature. Il était glacial dans son apparat convenu. Il affichait, dans le choix des caractères, dans le luxe de son vélin, dans l'énumération d'une parenté indéfinie, le dernier amour-propre de la mort. Il lut tous ces noms, les uns titrés, les autres attelés à des dignités imaginaires, avec un serrement de cœur. Quel chagrin avaient éprouvé tous ces gens de la perte d'une parente qu'ils connaissaient à peine,

que beaucoup même ne connaissaient sans
doute pas? Qu'était leur chagrin en tout
cas en face de sa grande et légitime douleur? Il se dirigea vers l'église où sa dépouille mortelle s'était arrêtée un instant
avant d'être rendue à la terre qui la réclamait. Elle était vide ou à peu près à cette
heure de la journée. Il se la représenta telle
qu'elle devait être le jour des funérailles,
avec ses longues draperies noires, la première lettre d'un nom qui n'était pas le
sien, se détachant, à des distances égales,
d'un cartel blasonné. Les cierges étaient
allumés autour d'un catafalque monu-
mental où on la glissait tout en bas pour
la retirer plus commodément tout à l'heure.
Le prêtre, indifférent, l'avait reçue au seuil
du temple. Il disait les prières d'un air de
commande, sans conviction, sans foi,
pressé d'en finir pour passer à une autre

cérémonie. Puis l'absoute était dite. Le
cortège quittait l'église, s'éparpillait sur les
marches du temple, et, de tout ce monde
réuni tout à l'heure, il ne restait plus que
quelques-uns pour accompagner, à sa
dernière demeure, la dépouille chérie qu'il
eût voulu conserver toujours. Et c'était là
la cérémonie des regrets éternels, des
adieux déchirants. Comédie suprême qui
n'était que le prétexte à des pleurs hypo-
crites, à des politesses funèbres ! Quand lui
eût rempli tout l'Univers de sa douleur, il
avait suffi d'une cérémonie banale pour
que le silence se fît à tout jamais sur le
nom de celle qu'il aimait et que les amitiés
se dispersassent dans le sillon de son cercueil. Ces voûtes avaient retenti de cris de
douleur de convention, de psalmodies iro-
niques, les mêmes pour tous ; ces dalles
avaient été mouillées de larmes aussitôt

taries, en admettant qu'elles eussent coulé.

Il rabaissait tout volontairement devant la sublimité de sa douleur.

Le lendemain, à la première heure, il était au cimetière. Il n'eut pas de peine à se faire indiquer l'endroit où elle avait été enterrée. Il n'y avait pas de caveau de famille, et le monument qui devait marquer la place où elle reposait n'était pas encore commencé. Il s'aventura à travers les allées étroites de la nécropole en pensant à ce que ces tombes enfermaient de secrets chagrins, de regrets éternels, de satisfactions muettes. C'était dans cette terre que gisait maintenant tout ce qu'il avait aimé, confondu dans le grand inconnu des êtres et des choses. La mort lui semblait à ce moment un refuge suprême, le moyen d'un rapprochement désiré. Sa religion ne lui donnait pas le consolant espoir de la retrouver dans

l'autre vie promise, puisqu'elle avait
maudit leurs amours sur la terre. Il était
indifférent à tout le pieux recueillement du
lieu. Il ne songeait qu'au grand néant qui
le prendrait un jour ou l'autre comme il
l'avait prise, et il eût voulu être anéanti sur
le coup. Il arriva, à la suite de bien des
détours, auprès d'un amoncellement de
terre fraîchement remuée. Il s'arrêta,
comme si un secret instinct lui avait indi-
qué que c'était là. Il regarda autour de lui
bouleversé, ému, hésitant. D'après les renseignements qui lui avaient été donnés, ce
devait être l'endroit. Il le reconnut à tout
ce qui l'entourait et qui lui avait été dé-
signé. Des larmes mouillèrent ses yeux.
Rien que de la terre encore, une terre abandonnée et déserte ! Des couronnes défraî-
chies, des bouquets fanés, faisant un con-
traste cruel avec le luxe des sépultures

avoisinantes. Sa douleur fut immense, non
de cet abandon qui le rendait au con-
traire presque joyeux au fond de lui-même,
mais à la pensée que là, à quelques mètres
de profondeur, était enfoui tout ce qui
restait encore de l'être charmant qu'il avait
aimé. Ce petit coin de terre lui appartenait.
Il se l'appropriait dans sa pensée. C'était
là tout son bien désormais, tout son univers. Ainsi, elle était descendue là quelques
jours auparavant. Tout son être n'avait-il
pas frémi en sentant que la terre allait
peser sur elle éternellement, et mettre
entre elle et lui un obstacle insurmontable ?
Dans l'eau bénite qui avait mouillé le bois
de son cercueil, n'avait-elle pas cru sentir
une de ses larmes ? Cette larme ne s'était-
elle pas figée au contact glacial de cette enveloppe funèbre, pour y marquer le sceau
de son chagrin ? Cette terre affaissée repré-

sentait la petite place qu'elle occupait. Il
l'appelait silencieusement et la faisait revivre radieuse à travers les réalités de la
mort. Tout était profondément calme autour d'eux.

Il alla chercher le jardinier du cimetière,
lui fit enlever les fleurs flétries et garnir de
fleurs nouvelles ce monticule délaissé qui
marquait l'empreinte de tout son corps.
L'homme obéit sans demander la moindre
explication. Que lui importait, du reste ?
Il faisait son métier. Il servait le chagrin
des autres, sans y prendre part.

Cette visite matinale l'avait à la fois con-
solé et abattu. Qu'allait-il faire maintenant ? Toute sa vie était enchaînée au culte
de la morte, qu'il se reprochait de n'avoir
pas aimée autant qu'elle le méritait, qu'il
connaissait plus encore maintenant qu'elle
lui avait été ravie. Cette disparition lui pa-

raissait impossible à admettre. Il y avait
des moments où il la retrouvait, évoquée
par l'énergique effort de tous ses sens surexcités. Il ouvrait le médaillon appendu
dans le coin le plus discret de sa chambre.
Tout cela n'existait plus. Ces beaux yeux
étaient effacés, ces lèvres étaient déco-
lorées, ce front divin laissait échapper les
superbes cheveux qui l'encadraient dans
un rayonnement majestueux ; cette chair
vivante tombait en poussière. Et c'était là
la vie, ou plutôt, c'était donc là la mort !
Il considérait ces deux états successifs de
notre être, l'un passager, l'autre éternel.
Cette image divine était-elle donc effacée
pour toujours ? Cette beauté rayonnante ne
revivrait-elle pas un jour dans tout son
éclat, dans toute l'auréole d'une poésie di-
vinisée ? Pourquoi l'avait-il rencontrée ?
Pourquoi le hasard l'avait-il mise sur son

chemin, puisqu'elle devait lui être si tôt
enlevée ? Tout cela lui paraissait inexplicable. Il se demandait comment il n'avait
pas eu de ses nouvelles. Quels avaient été
ses derniers moments ? Avait-elle seulement pensé à lui ? Son dernier regard n'a-
vait pas été pour lui. Ses yeux s'étaient
fermés. Une autre image que la sienne
s'était fixée dans l'éclair de cet orbite où
tant de fois il avait retrouvé ses traits...

Et, si elle avait pardonné à son mari...
si elle s'était sentie prise du remords de
leur amour... si elle avait confessé sa faute
au moment suprême... Le mot de faute, qui
lui revenait comme malgré lui, l'exas-
pérait. Quelle faute y avait-il dans leur
vie ? Les circonstances n'étaient-elles pas
cent fois plus coupables, et la destinée
plus condamnable de ne le lui avoir pas
donnée, cette femme, à lui plutôt qu'à cet

homme, qui ne l'avait pas aimée un seul jour? Il devenait jaloux jusque dans la mort. Il éprouvait des sentiments qu'il n'avait pas connus autrefois, dont il ne s'était jamais douté même. L'idée maintenant qu'elle avait pu appartenir à un autre qu'à lui l'obsédait, lui faisait mal...

Il pensait à la crémation. Il aurait voulu que le feu eût effacé la trace des premiers baisers de son mari, baisers qui certainement lui avaient été odieux à elle. Les siens auraient résisté seuls à cette destruction finale, parce qu'ils avaient été plus purs et plus vrais. Son affection s'idéalisait, s'embellissait. Rien ne pouvait l'altérer. L'amour menteur de ce mari était seul capable d'être anéanti. Quant à eux, ils se survivaient dans une inaltérable félicité.

Il continuait à se torturer pour savoir. Il voulut avoir le cœur net de tout. Il re-

tourna chez la mercière qui jeta un grand
cri de surprise en le revoyant et se mit tout
aussitôt en quête de tout ce qu'il avait
acheté quelques jours auparavant. Ce n'é-
tait pas cela qui l'intéressait. La bonne
femme, qui avait flairé quelque chose et
compris que le meilleur moyen d'en apprendre davantage était de parler, ne se fit
pas prier. Par elle, il sut tout de suite que
la petite femme de chambre sur laquelle
il avait tant compté pour avoir des nouvelles, était tombée malade presque en
même temps que sa maîtresse, qu'on
l'avait crue longtemps perdue, elle aussi,
que maintenant elle était sauvée et en
pleine convalescence. Il s'expliqua tout,
alors, en lui-même. Il était heureux
de n'avoir songé à accuser personne...
Certainement elle devait avoir bien des
choses à lui dire, à lui remettre, des lettres,

un souvenir. Il s'agissait d'arriver jusqu'à
elle. Il songea à faire intervenir la mercière, et il eut des scrupules... Il ne voulait
pas profaner le souvenir de la morte, ne
pas laisser effleurer d'un soupçon sa réputation posthume. Il se dit justement
qu'aussitôt rétablie, la fidèle soubrette ne
manquerait pas de venir le trouver, et il
valait mieux attendre plutôt que de livrer
à une étrangère un secret qu'il avait plus
que jamais le devoir de garder. Il ne fut
pas sans remarquer la déception de la
marchande, qui croyait qu'elle allait en
apprendre bien davantage, et il se félicita
de sa discrétion. Et, comme il voulait se
ménager le prétexte de revenir, il la pria
de lui conserver, pour quelques jours
encore, les objets qu'il avait achetés et
qu'elle lui offrit vainement de lui faire
parvenir. Sa curiosité était encore une fois

déçue par ce refus significatif. Elle le regarda s'éloigner en hochant la tête, comme
si elle avait voulu se dire qu'elle parvien-
drait bien à savoir ce qu'on mettait tant de
soin à lui cacher.

Il retourna tous les jours au cimetière,
renouvelant les fleurs sur cette tombe mal
fermée, où personne que lui n'était encore
venu s'agenouiller, où le travail de l'homme
n'avait pas encore élevé le moindre monument, placé la moindre pierre protectrice.
Il questionna le gardien du cimetière, qui
lui répondit que des ordres avaient été
donnés en conséquence, mais que d'autres
commandes plus anciennes avaient seules
empêché encore le travail d'être exécuté.
Ainsi les morts faisaient antichambre
comme les vivants. A chacun son tour
d'avoir son monument, sa pierre commé-
morative. Et il fallait attendre pour qu'un

nom indiquât sur une pierre que vous
aviez vécu, aimé, souffert! Mais, entre le
temps qui allait encore s'écouler, son souvenir ne serait-il pas effacé? Il y avait déjà
un mois qu'elle était là, et qui pensait à
elle en ce moment? En tout cas, il était
certain que personne n'était venu pleurer
sur la terre muette, que personne ne songeait à presser des ouvriers indolents.
Quel monument sublime il lui eût élevé
s'il avait été à la place de l'autre! De quel
emblème de douleur il eût revêtu la terre
qui recouvrait cette martyre de la destinée!
Il vit l'entrepreneur, qui lui demanda de
quelle part il se présentait, au nom de qui
il parlait. Il demeura interdit et balbutia
quelques mots pour lui donner le change
sur ses intentions. S'il avait osé dire quelque chose, c'eût été pour décommander
tout ce qui avait été convenu et faire faire

tout à son idée. Mais il se ravisa justement.
On lui demanderait certainement s'il était
chargé de modifier les instructions reçues.
Que serait-il advenu alors ? Et il partit dé-
sespéré, mais en quelque sorte satisfait de
cet abandon qui lui avait mis la mort dans
l'âme. Tant de pensées diverses le hantaient, qu'il ne savait plus au juste où il
en était et que machinalement il faisait
en lui-même des comparaisons tout à son
avantage, entre lui et l'autre.

Il n'avait pas encore manqué au pieux
pèlerinage qu'il s'imposait quotidienne-
ment. Ses pas le conduisaient, à la même
heure, de son domicile au cimetière. Il
choisissait de préférence le moment de la
journée où il était assuré de rencontrer
peu de monde. Et, du reste, il n'avait pas
besoin de prendre tant de précautions.
Nos nécropoles ont leurs journées attitrées

pour la visite des morts, en dehors desquelles les cimetières sont peu fréquentés.
L'éloignement, le tracas des affaires, l'indifférence forcée ne permettent pas de
rendre aux tombes ce culte continu et fervent que l'on rencontre dans les villages,
et même dans les petites villes, où le sol
funéraire est foulé presque chaque jour
par les vivants demeurés fidèles à la mémoire de ceux qui ne sont plus. Autant,
dans ces jours consacrés par le calendrier,
la foule se presse autour des pierres, des
croix et des pyramides accumulées qui
toutes marquent la place d'un être disparu, affectionné ou indifférent, autant,
dans les jours ordinaires, on ne rencontre
dans ces allées, soigneusement entretenues
par une édilité protectrice, que ceux qu'un
convoi entraîne à sa suite pour leur marquer le chemin qu'ils suivront, un jour ou

l'autre, bientôt peut-être, à leur tour. Et
entre tous ces gens distraits, impatients,
des ouvriers de toute sorte, des maçons,
des serruriers, des entrepreneurs, qui vont
d'une tombe à l'autre, guidés par les parents obligés, pressés que le travail commandé soit terminé, pour n'avoir pas à
revenir, et pouvoir rentrer dans le courant
indifférent de leur vie quotidienne. C'est
là la loi sociale, immuable, sur la rigueur
de laquelle il ne faut pas s'appesantir,
parce qu'il est écrit, dans les décrets de
l'humanité, que les morts ne doivent pas
gêner les vivants.

Un matin, il était là, pieusement re-
cueilli, les yeux attachés à cette terre im-
pitoyable qui lui avait ravi le plus cher de
son bien. Des fleurs, qu'il avait fait dis-
poser avec art, défiaient l'éclat du jour
par leurs vives et fraîches couleurs. C'était

comme une pensée d'elle, qui s'élevait et
lui apportait, en bouffées odoriférantes, le
souvenir de celle qui n'était plus. Il était
abîmé dans la contemplation de ce coin
de terre, qui n'avait pris l'empreinte de
l'adorée que pour la rendre au néant. Et il
pensait que lui aussi disparaîtrait un jour,
que c'en serait fait de lui comme d'elle,
qu'ils seraient séparés dans la mort comme
ils l'avaient été dans la vie ; que, dans bien
des années, dans quelques années même,
il ne resterait plus rien de lui comme
d'elle, que cette matière qui avait servi
d'intermédiaire à leurs baisers éternels serait anéantie, dispersée, brûlée, rendue à
d'autres êtres qui, à leur tour, aimeraient
et souffriraient, comme ils avaient aimé
et souffert. Pourquoi alors avoir inventé
ce mot d'éternité, qui ne signifiait rien,
qui n'était qu'un mensonge monstrueux,

qu'une épine cruelle à laquelle ne s'at-
tachaient les espoirs de la vie que pour
être mieux déchirés ? Tout était-il dans ce
monde condamné à l'avance ? Tout ne nais-
sait-il que pour mourir ? Tout se heurtait-il
fatalement à ce mur infranchissable au delà
duquel il n'y avait pas autre chose qu'un
abîme sans fond ? Pourquoi être né avec
l'espoir, pourquoi avoir vécu avec le
soupçon, l'instinct d'un problème dont
la solution était interdite ? Il n'était pas
en mesure à cette heure de résoudre,
dans un sens ou dans un autre, l'inconnu de ces grandes questions philoso-
phiques.

Il ne s'était pas aperçu que quelqu'un
était là, qui le considérait curieusement,
d'un œil étrangement interrogateur, dont
le bruit des pas se brisant sur le sable de
l'allée n'avait pas frappé ses oreilles. Un

autre homme était près de lui, à quelques
mètres à peine, vêtu de noir, sanglé dans
une redingote qui lui donnait un aspect
plus soldatesque que militaire. Au mouvement qu'il fit en se retournant surpris,
l'inconnu changea de visage. D'indifférente
en apparence qu'elle avait été jusqu'ici, sa
physionomie prit une expression de rage
concentrée. Il devint rouge, balança dans
l'air, d'un geste menaçant, la canne sur laquelle il s'appuyait penché et immobile.
Lui ne parut pas autrement ému. Du premier coup d'œil, il avait reconnu et compris. Il ne dit pas un mot, ne fit pas un
geste et attendit. La solitude religieuse du
lieu imposait à tous les deux. Ils se re-
gardèrent, l'un plein de colère, prêt à s'é-
lancer; l'autre, anxieux et résigné. Cette
attitude ne pouvait durer longtemps. Elle
s'était déjà trop prolongée. Le premier s'a-

vança et, d'une voix basse, où grondait
sourdement la colère qui, muette, débor-
dait de lui tout à l'heure, il prononça ces
mots sur un ton de calme relatif :

— Vous me permettrez de m'étonner,
monsieur, que cette tombe soit de votre
part l'objet de soins aussi empressés... De
quel droit ?...

Il ne put achever. Lui, était embarrassé
pour répondre. Il craignait de manquer de
respect à la morte qu'il adorait. Il l'interrompit cependant.

— Du droit qu'ont tous les passants d'apporter leur offrande à une pierre abandonnée, répondit-il.

— Vraiment, riposta l'autre d'un air d'ironie sanglante qui ne laissa plus de doute à
son interlocuteur. Alors, c'est très proba-
blement à vous que cette lettre est adressée, ajouta-t-il, en tirant de la poche exté-

rieure de sa redingote un papier qu'il lui
montra de loin.

Lui allait s'élancer pour la saisir. L'autre
ne lui en laissa pas le temps. Il retira le
bras aussi vivement qu'il l'avait avancé.

— Vous ne l'aurez qu'avec ma vie, s'écria-
t-il, la menace dans les yeux et l'écume
sur les lèvres.

Ce dernier mot avait tranché une situation difficile. Les deux hommes s'étaient
compris. Ils échangèrent leurs cartes et
s'éloignèrent, après s'être salués froidement, sans prononcer un mot de plus,
comme s'ils avaient craint de troubler davantage, du bruit de leur querelle, la solitude du lieu. Il vit de loin le mari parler
au gardien du cimetière. Il ne jugea pas
nécessaire d'attendre plus longtemps pour
parler à son tour à ce dernier et passa.

Le soir même, des témoins étaient cons-

titués, et un duel décidé. Tout s'était passé
de façon à ce que le motif de la querelle
demeurât caché. Tous deux, mus par le
même sentiment, avaient instinctivement
donné des instructions en conséquence, et
leurs représentants avaient compris à
demi-mot qu'il s'agissait d'une lutte mortelle pour l'un des deux combattants, sinon pour tous les deux. Le motif, futile
en apparence, masquait volontairement un
mystère de famille qui ne devait pas être
dévoilé, une injure grave qui ne pouvait
être lavée que dans le sang. Le procès-ver-
bal ne serait communiqué qu'aux autori-
tés, si elles le réclamaient et pour bien at-
tester que tout s'était passé régulièrement
et dans des conditions où la justice hu-
maine n'aurait pas à intervenir.

Le duel eut lieu, au pistolet, en Bel-
gique, à quelques mètres de la frontière.

Deux balles avaient déjà été échangées
sans résultat. Le mari offensé réclama impérieusement le droit d'en échanger une
troisième. Elle lui fut fatale. Frappé en
plein cœur, il tomba en jetant sur son ad-
versaire un regard de malédiction et de
haine. En tombant, il laissa échapper de
sa main gauche une lettre que ses doigts
crispés essayèrent vainement de ressaisir
dans les convulsions de la mort, qui fut
prompte à venir. Quelques secondes après,
tout était fini. Les témoins et le médecin
qui les avait accompagnés s'étaient précipités. Ils ramassèrent la lettre comme s'ils
avaient compris qu'il entrait dans les intentions du mort qu'ils en prissent con-
naissance. C'était une enveloppe ouverte,
dont le cachet de cire avait été brisé. Elle
portait un nom, celui du survivant. Il s'a-
vança pour la réclamer. Les témoins firent

mine de délibérer entre eux. Ils se dirent
sans doute qu'après l'événement, cette
lettre devait être remise à celui dont elle
portait le nom. Ils la lui abandonnèrent
silencieusement. Tous les soins du médecin, pour découvrir un signe de vie, avaient
été inutiles.

Lui était immobile, les yeux hagards,
sans un mot, sans un geste. Il s'était emparé machinalement de la lettre et ne songeait pas à l'ouvrir. Il contemplait ce cadavre encore chaud qui gisait à ses pieds.
Il avait peine à contenir son émotion. Il
se demandait de quel droit il avait tué cet
homme. Certes, il ne l'avait pas voulu. Il
n'avait fait que se défendre. Il avait envie
de pleurer et craignait de laisser voir ses
larmes. Fallait donc que cette mort tragi-
que fût le dénouement cruel de son aventure! Il n'avait plus en face de lui désor-

mais que deux morts qui étaient en partie
son œuvre criminelle. Lui eût-elle pardonné de son vivant, toute malheureuse
qu'elle était, s'il avait provoqué son mari
et s'il l'avait tué ? Ses amis l'entraînèrent.
Il se laissa conduire. Il avait hâte de se retrouver seul. La lettre qu'il tenait convul-
sivement dans sa main le brûlait. Il voulait la lire, et il n'osait pas. Elle devait
contenir tout un monde pour lui. Par elle,
il allait apprendre tout ce qui lui avait
échappé jusqu'ici, tout ce qu'il avait craint
de comprendre, de deviner. Le voyage fut
long. Le souvenir de ce cadavre qu'il avait
fait le poursuivait. Il le voyait, couché à
ses pieds, inerte. Une balle avait suffi pour
le rapprocher de celle dont il eût voulu le
tenir éloigné pour toujours. La même terre
allait les contenir tous les deux, et il ne
pouvait se défendre, à cette pensée, d'un

sentiment de jalousie féroce. Voilà à quoi il avait abouti en acceptant le duel qu'il se reprochait. Il les avait réunis dans la mort. Cela lui semblait pire que leur existence commune. Il rentra chez lui, fatigué, malade. Enfin, il était seul. Il prit la lettre et la lut :

« Je meurs, mon bien-aimé, je meurs sans toi, qui es loin. Tout est contre moi, tout se tourne contre nous Ah ! penser que je ne te verrai plus jamais... jamais ! que je ne t'aurai pas vu avant de mourir... que je n'emporterai pas avec moi ta chère image. C'est horrible !.. Cela me fait mal... Tu es loin, bien loin, et je ne me console pas de ton absence. Pourquoi t'ai-je laissé partir ? pourquoi as-tu eu le courage de t'éloigner ? Tu ne le voulais pas... tu me l'as demandé pourtant, et moi, je ne t'ai pas retenu parce qu'on m'avait dit que j'allais mieux... je le croyais... on m'a indignement trompée... je le sens bien... tout est fini... je m'en vais... Chaque jour emporte un peu de moi-même... bientôt il ne restera plus rien... Je me suis regardée ce matin dans un miroir en pensant à toi... Pauvre ami, tu ne me reconnaîtrais pas, tellement je suis changée! Je ne suis plus que l'ombre de moi-même... j'ai peur de moi, et je préfère que tu ne me voies pas ainsi... Conserve toujours la petite image que je t'ai donnée le jour béni de l'anniversaire de notre rencontre... il y aura bientôt dix-huit mois de cela. C'est moi... seulement moi... Moi : je n'existe plus... la mort m'a prise et m'enlève à tout ce que j'aime. Et ce tout, c'est toi... car par toi seul j'ai connu un peu de bonheur... par toi seul j'ai aimé ; tout le reste m'était de-

venu odieux... Oh! les bons moments
près de toi, chez toi! Comme tu vas me re-
gretter, mon pauvre cher aimé! N'importe,
je sens que tu m'aimais bien, et je m'en
vais avec cette consolation que je t'aimais
bien, moi aussi... Peut-être tu rencontre-
ras une autre femme qui passera dans ta
vie... Cela est tout naturel... tu es jeune,
et je ne t'en veux pas... Elle te dira qu'elle
t'aime. Tu lui diras les mêmes mots que
tu me disais à moi. Je ne te demande que
de penser quelquefois à ta pauvre morte,
que ton amour a dédommagée de bien des
souffrances ignorées, de bien des tristesses
cachées... Oh! comme je t'aimais!...
Comme nous nous aimions! Dieu nous
pardonnera notre faute à tous deux en
considération de notre amour si vrai, si
beau!... Et j'ai été si malheureuse, qu'il
me pardonnera de m'être donnée à toi tout

entière comme je l'ai fait et comme je ne regrette même pas de l'avoir fait, à cette heure où je vais paraître devant lui... Cela m'a valu un peu de bonheur... à toi, cela t'en a donné. Dieu eût-il donc voulu que nous fussions malheureux tous les deux !... Mes dernières pensées sont pour toi... Il me semble que la mort va me rapprocher de toi, que je vais pouvoir de là-haut t'aimer sans avoir plus rien à me reprocher... Car je meurs, il faut me résigner, et je ne suis triste de mourir qu'à cause de toi... Après tout, il vaut peut-être mieux qu'il en soit ainsi... puisque je ne pouvais être à toi tout à fait. C'est Dieu qui m'a condamnée, puisqu'il me prend et qu'il ne me permet pas de te revoir avant de mourir... Adieu, toute mon âme s'en va à toi dans un baiser... »

La lettre s'arrêtait là, interrompue dans son expression douloureuse. Il lui sembla que les forces lui avaient manqué pour en écrire davantage, qu'elle les avait épuisées dans un tressaillement suprême, que l'amour lui avait arraché par lambeaux ce qui lui restait de vie... Plus tard, il apprit comment la lettre avait été ravie à la pauvre petite femme de chambre malade qui s'était chargée de la lui remettre. Cette lettre, il l'avait lue et relue, à travers les spasmes et les sanglots. Il la couvrit de baisers, l'arrosa de ses larmes. Il se demanda à quel moment elle avait pu la lui écrire. Ce n'était sans doute que quelques instants avant que l'agonie la prît pour la livrer à la mort! C'en était fait maintenant. Tout était bien fini. Il n'était plus qu'un vivant entre deux cadavres. Il plia religieusement la lettre, la

glissa comme une relique dans le médaillon, derrière l'image de l'adorée...
C'était tout ce qui allait subsister de leur
amour.

Le lendemain, à la première heure, il entrait au cimetière et pénétrait dans la maison du gardien. Avant que celui-ci, étonné
de cette visite matinale, se fût levé pour le
recevoir, il lui jeta ces simples mots, qui
n'admettaient pas, sur le ton où ils étaient
prononcés, la moindre réplique, la moindre observation. C'était un ordre bref,
tranchant.

— C'est à moi désormais, qu'appartiennent l'entretien et le soin de la tombe que
vous savez.

Il était déjà loin, et le gardien n'était pas
encore revenu de sa surprise... Il fit ce jour-
là une longue et douloureuse station, que
personne ne vint troubler, sur la terre en-

core nue où reposait celle qu'il lui semblait qu'il venait de faire veuve. Il lui demanda pardon et comprit qu'elle lui avait
pardonné.

S'il vous arrive quelque jour d'être
amené dans le cimetière en question, vous
ne serez certainement pas sans remarquer
dans une des allées les plus éloignées, où
depuis quelque temps dés monuments dé
toutes formes, dans ces terrains autrefois
nus, se sont élevés sur des tombes, dernier
amour-propre des vivants pour les morts,
un coin de terre entouré d'une simple
grille. Pas de faste, pas d'apparat. La terre
est recouverte d'une pierre blanche, avec
une croix sculptée en profondeur, un seul
prénom et une date au milieu, en lettres
d'or. L'enclos, de quelques mètres à peine,
est toujours soigneusement entretenu. Aucune herbe ne pousse autour de la pierre,

que caressent des guirlandes de lierre fraîchement coupé. Quand la saison le permet
des fleurs, soigneusement disposées çà et
là, jettent sur ce coin isolé un rayon de
consolation et d'espoir. On remarque cette
tombe entre toutes, à cause du soin pieux
dont elle est l'objet, du culte qui s'y atta-
che, du caractère simplement romanesque
qui la distingue de tout ce qui l'entoure.
Ce n'est rien, et c'est tout. L'esprit est
frappé par la touchante simplicité du monument, par la piété affectueuse qui s'en
exhale. La date est déjà lointaine, et la
tombe ne cesse pas d'être coquettement,
religieusement entretenue. C'est toujours
la même ornementation, le même soin. On
sent qu'il y a là une affection réelle qui a
survécu à la mort, un culte fervent qui
plane sur un souvenir chéri. On est surpris
et ému.

A côté est une autre pierre, plus sombre,
avec un nom d'homme, presque la même
date, un mois de distance à peine. Mais là,
malgré des soins évidents, on sent l'abandon et l'oubli.

On a souvent interrogé le gardien du
cimetière, qui a toujours répondu qu'il
ne savait pas. Il a été naturellement intrigué dans les premiers jours. Il a essayé
d'interroger... mais il a bien vite compris
que c'était peine inutile et qu'il ne saurait
rien. Comme il était en somme grassement
payé de ses peines, il n'en a pas demandé
davantage.

Dans ses promenades à travers le cimetière, en compagnie de parents ou
d'amis, à qui il fait les honneurs du lieu,
tout comme s'il s'agissait d'un parc ou
d'une vaste propriété à lui appartenant, il
ne manque pas de montrer les deux tombes

8

qu'il pense enfermer le secret d'un drame
de famille. En quoi il ne se trompe pas,
sans se rendre compte des péripéties
étranges à travers lesquelles ce drame a pu
aboutir à ces deux pierres énigmatiques.
Il veille scrupuleusement à ce que l'une
surtout, la première, soit toujours tenue
en bon état, comme cela lui a été pres-
crit.

Il tient à gagner honnêtement l'argent qui
lui est donné pour ce soin. Un jour qu'il
se promenait avec des amis qui le question-
naient sur ce qu'il pouvait savoir de l'aventure, il s'interrompit tout à coup, en apercevant un homme à la barbe grisonnante,
au regard voilé, avec le deuil dans la physionomie, l'œil triste et résigné, qui s'avan-
çait vers eux.

— Tenez, leur dit-il, voilà précisément
l'amoureux de la morte.

Et, en répondant ainsi, le gardien avait, sans s'en douter, donné un nom mysté- rieux à notre héros, un titre à notre his- toire.

UNE

MÉLODIE DE SCHUBERT

UNE

MÉLODIE DE SCHUBERT

A Madame
la comtesse Louise de COURSEULLES,
née Verdier.

Oui, petite sœur, il est parfaitement
exact que je vais me marier. Malgré le ton
railleur sur lequel tu me poses cette question, je n'éprouve aucun embarras à te
l'avouer. Je regrette seulement que tu aies

appris cette grande nouvelle par un autre
que par moi. Je m'étais si bien promis de
t'en faire la surprise et de te prouver que je
n'étais pas, sur ce chapitre délicat de la vie
en général et de la mienne en particulier,
aussi incorrigible que tu avais bien voulu
l'assurer jusqu'ici. Quel est le mortel indiscret qui m'a enlevé ce plaisir? Si j'en
crois des pressentiments qui me trompent
rarement en pareille occasion, ce doit être
ton mari, l'affreux homme! Les beaux-
frères n'en font jamais d'autres, et celui
que tu m'as donné ne vaut pas mieux que le
reste des mortels! Il n'aura pas été fâché
sans doute de te démontrer par là mon
indifférence, et cela, pour se faire valoir à
mes dépens. Mais comme je sais que tu
l'aimes de tout ton cœur et comme il est
avéré que je ne puis faire autrement, dis-
lui bien qu'il peut s'estimer heureux que

deux cents lieues de France et cinquante
de Suisse me séparent de lui, sans quoi je
n'hésiterais pas à aller lui demander,
séance tenante, raison de sa coupable et
fâcheuse indiscrétion.

Il est donc entendu que je n'ai plus rien
à te cacher ! Et cependant, le soin que tu
parais mettre à me le persuader me donne
à penser que tu n'en sais peut-être pas
aussi long que tu veux bien le dire, mais
que tu ne serais pas fâchée d'en apprendre
davantage. Je vais donc satisfaire ta curiosité et t'en punir à la fois, en te contant ma
petite histoire, mon aventure, si tu veux,
mon roman, comme tu ne manqueras
certes pas de l'appeler, et en te demandant momentanément de le garder
pour toi, jusqu'à nouvel ordre, bien entendu. Le silence à perpétuité serait un
supplice trop cruel et que je ne voudrais

pas vous infliger, chère bavarde ; car vous êtes bavarde, puisque vous êtes femme, et femme adorable par-dessus le marché ; cela par galanterie d'abord, et ensuite par affection.

Tu m'appelles sentencieusement « Monsieur le Romanesque ! » Je vois d'ici avec quel air solennel tu as dû écrire ces trois mots dans lesquels tu veux bien résumer ton aventurier de frère, le Juif-Errant de la famille, comme tu me qualifies encore quelquefois ! Tu me demandes si ma femme — pardon, ma future femme — est Chinoise, Marocaine ou Patagonaise, si elle porte des bijoux suspendus aux narines, si on lui a façonné des petits pieds de porcelaine dans des sabots trop étroits, enfin même si elle n'est pas quelque peu cannibale... Moqueuse, n'y a t-il pas un peu de coquetterie de votre part dans toutes ces questions?... Et comme tu serais bien attrapée si je te répondais affirmativement à chacune d'elles !

Dire cependant qu'il en eût pu être ainsi !... Les hasards de la vie sont si grands et je suis si original, n'est-ce pas?.. Mais rassure-toi, chère petite sœur, ma femme, ou plutôt ma fiancée, enfin ta future belle-sœur, n'a rien de commun avec tous ces braves gens. Elle est parfaitement civilisée, tu verras. C'est un véritable cadeau que je te fais en te la donnant pour belle-sœur, ou, pour parler mieux, comme sœur ; car tu l'aimeras comme telle, j'en suis sûr, et monsieur ton mari voudra bien s'estimer heureux de la voir entrer dans sa famille qui est la nôtre.

Laisse-moi donc te conter mon petit roman tout à loisir ; car c'est un vrai roman ; tu ne t'es pas trompée, en qualifiant par ce mot les préliminaires de mon mariage avec miss Lucie Sayer, de la maison *Arthur Sayer and C°*. En te livrant déjà sa nationalité, c'est t'avouer à l'avance qu'elle est parfaitement élevée et que tu la trouveras en tous points digne de toi. Et si je demande le secret sur le récit que je vais te faire, c'est que miss Lucie elle-même ignore ce que tu vas apprendre et que je ne lui révélerai qu'après notre mariage accompli. Quel mystère ! vas-tu me dire, et pourquoi !... Tu en jugeras toi-même...

Supposons donc que nous nous promenons bras dessus bras dessous, sous les grands arbres de ton hôtel des Champs-Élysées, que tu ne me parles pas mariage, ce qui serait, à l'heure actuelle, absolument superflu, et que ton jaloux de mari ne cherche ni à nous épier ni à nous entendre.

Donc, il y a trois mois de cela, sentant bien par moi-même toute la force et toute la bonté de tes arguments, quand tu me conseillais le mariage, comme le seul port de salut qui pût me convenir, je résolus de prendre la fuite en homme bien décidé à ne pas se laisser convaincre. Je n'avais pas alors de projet bien arrêté. L'Orient m'attirait, et j'avais résolu de visiter l'Asie tout entière, de Beyrouth à Canton, après avoir toutefois parcouru l'Égypte, où je comptais passer quelques jours agréables en compagnie de notre grand-oncle le savant. C'était à la fin de l'hiver, à cette époque de l'année où la nature secoue avec peine encore l'engourdissement de la mauvaise saison. Un soir où tu t'étais montrée sans doute plus éloquente dans la conversion que tu avais entreprise de ma personne, et où moi, assurément, je m'étais senti plus

faible dans mes moyens de défense, je pris
courageusement mon *tiket* à la gare de
Lyon et je montai, sans plus d'hésitation, dans le train rapide qui devait me
conduire à Genève.

Ce n'était pas encore le chemin de
l'Orient... mais tout chemin mène... à
Damas, et je me croyais à ce moment bien
éloigné de la route de la conversion et à
coup sûr à l'abri de tes petites intrigues.
S'il faut te l'avouer, petite sœur, j'éprouvais
un certain plaisir à me sentir transporté à
toute vapeur, et ce plaisir redoublait au
fur et à mesure que la vitesse de la loco-
motive mettait plus de distance entre ton
frère et toi. C'est bien méchant ce que je
dis là, peut-être. C'est en tout cas un hom-
mage sincère rendu à la vérité. Mais je
frissonnais encore au seul souvenir du
danger auquel je venais d'échapper, et la

fraîcheur de la nuit qui m'arrivait par la glace entr'ouverte, et que la rapidité du train me rendait plus sensible, m'empêchait de m'endormir et de rêver, chemin faisant et sans le vouloir, à tout le bonheur que tu voulais m'infliger aussi gratuitement. Que t'avais-je fait, méchante?... Je partais donc bien résolu à ne remettre le pied sur le sol natal que le jour où tu n'aurais plus une seule demoiselle à marier.

Oh! la demoiselle à marier!...

Le lendemain, j'étais à Genève. J'avais pris soin de ne me tracer à l'avance aucun itinéraire. De cette façon, j'étais à peu près assuré de ne pas trouver l'occasion de me trahir. J'étais plus certain encore de ne t'avoir pas laissé imprudemment la possibilité de lancer à ma poursuite un émissaire bien intentionné, avec mission formelle de me ramener à Paris, mort ou vif.

Je suis à cet égard satisfait du plan et du rôle que j'avais adoptés.

Comme j'ai des amis un peu partout sur la surface du globe, j'avais pris soin de leur envoyer, toutes préparées, les lettres que je te destinais, avec prière de te les faire parvenir à des époques déterminées. En sorte que tu pouvais me croire au Caire, à Constantinople ou à Batavia, pendant que je me prélassais tranquillement dans la Rome du calvinisme ou dans toute autre cité païenne ou chrétienne. Si tu reçois ces lettres, tu auras, je n'en doute pas, bonne opinion de la dépense d'imagination que j'ai dû faire pour te dérouter. Considère-les comme non avenues. Brûle-les et ne tiens surtout nul compte des réflexions philoso-phiques, politiques, sociales ou religieuses qu'ont pu m'inspirer les populations di-verses que j'étais censé devoir traverser. Tu

le vois, j'avais voulu passer à tes yeux pour
un homme grave, raisonnant à l'occasion
judicieusement des besoins et des aspirations de ses contemporains. Tu ne saurais,
sans reproche, t'imaginer le mal que j'ai
eu à échafauder toute cette belle correspondance.

Je m'installai donc, tant bien que mal,
et pour quelques jours seulement (je le
pensais du moins), dans un de ces hôtels
de famille qui sont presque aussi nom-
breux sur les bords du lac de Genève, que
les maisons des différentes cités qu'il re-
flète dans ses eaux transparentes. On n'y a
pas tous les inconvénients des grandes auberges à la mode, ce qui au fond est peu
important pour un voyageur de mon espèce, qui sait, suivant les circonstances,
s'endormir sur la terre et s'abriter de la
surface des cieux. Autant j'aime mon indé-

pendance dans mes éternelles excursions,
autant il m'est agréable de faire en voyage
de nouvelles connaissances. J'en ai rarement rencontré d'ennuyeuses. Mon flair,
très délicat sur ce point, m'a généralement
sauvegardé des fâcheux.

Je comptais donc trouver nombreuse
société à Genève pendant les trois ou quatre
jours que je me proposais d'y demeurer.
Je ne me trompais pas. Mais les circonstances devaient, d'un autre côté, boulever-
ser les incertitudes de mon itinéraire, et la
malicieuse fortune allait favoriser tes coupables desseins. Le hasard n'en fait jamais
d'autres ! Je m'en console en pensant que
cela était écrit et que tu devais être d'accord
avec ma destinée.

J'employai cette première journée à me
reposer et à me remettre du terrible assaut
que tu avais livré contre moi, sans résul-

lat. Douze heures étaient à peine suffisantes
pour délasser mes esprits et mes membres,
aussi paralysés les uns que les autres. Le
soir, fatigué d'avoir vécu aussi longtemps
en tête-à-tête avec moi-même, je pris la résolution de dîner à table d'hôte.

Ce fut là ce qui me perdit et le point de
départ de l'irréparable malheur dont je
dois te paraître inconsolable. Il y avait peu
de monde dans la salle à manger, bien que
le couvert y eût été disposé pour une société plus nombreuse. Ces désertions re-
grettables devaient, ce semble, resserrer
l'intimité entre ceux qui restaient. Je ne
fis d'abord pas la moindre attention à eux.
Je dois même te l'avouer, mon entrée dans
la salle commune, bien que savamment
étudiée, ne produisit aucune impression.
Cela était terrible pour mon petit amour-
propre, mais n'en était pas moins l'expres-

sion de la vérité la plus pure. Tout le
monde était installé. On venait d'achever
le potage, et personne ne fit mine de me
remarquer.

Après m'être bientôt remis de cette petite alerte, je m'installai à gauche d'un
gros monsieur, auprès de qui j'essayai,
presque coup sur coup et vainement,
quelques mots dans les trois ou quatre
langues qui me sont familières. A l'épreuve
de chaque nouvel idiome, il me répondit
invariablement par des gestes qui semblaient vouloir me signifier que son inten-
tion bien arrêtée était de se dérober à toute
entreprise de conversation de ma part.
J'enrageais. Il y avait déjà plus de vingt
minutes que nous étions à table et pas une
parole n'avait encore été échangée entre
ces huit ou dix personnes présentes. Ce silence me confondait. Moi, qui étais venu

poussé par la secrète préméditation de me
rencontrer avec une société choisie, je pus
m'imaginer que j'étais tombé dans un ré-
fectoire de sourds-muets. Il n'en était pas
ainsi pourtant ! Mais, à part quelques mots
en l'air échangés à propos du service de la
table, personne ne s'était avisé d'ouvrir la
bouche. Je bouillais littéralement d'impatience. J'attribuais ce laconisme inaccou-
tumé à mon voisin de table qui ne savait
ni le français, ni l'anglais, ni l'allemand,
ni l'italien, ni le suisse, et pour la première
fois de ma vie je compris le supplice de la
confusion des langues. Je me contins cependant, quoique avec peine, afin de ne
pas paraître trop mal élevé. Mais une fois
bien assuré que chacun, sous le lustre,
avait pris son parti de demeurer bouche
close, je fis ce qu'il y a de mieux à faire en
pareille circonstance : j'observai. Bien ou

mal m'en prit, c'est ce que, petite sœur, j'abandonne à ton judicieux entendement.

Je t'ai parlé déjà de mon voisin, le gros monsieur, qui n'était pas muet, mais qui ne parlait pas plus pour cela. Je passe sur ce sphinx de table d'hôte dont je ne surpris que plus tard l'énigme, sans que sa destinée l'obligeât en revanche, comme son ancêtre de Thèbes, à s'en aller pour cela tenter une pleine eau dans le lac de Genève. Je ne veux pas non plus te faire une analyse détaillée de la table dont je n'étais pas le plus laid ornement, sans faire allusion à mon aimable voisin.

Parmi les autres convives, j'avais remarqué presque en face de moi, dès mon installation, une famille composée de quatre personnes : le père, la mère, une jeune fille et son frère, beaucoup plus jeune qu'elle en apparence. Je l'avais jugé ainsi à pre-

mière vue et j'appris bientôt que je ne m'é-
tais pas trompé.

Au premier abord, je n'avais pas plus
pris garde à eux qu'aux autres personnes
de la société. A la révérence que j'avais cru
devoir adresser à toute l'assistance avant de
prendre place, ils avaient répondu par une
indifférente salutation de tête, dans laquelle mon instinct m'avait de suite indi-
qué des gens de la meilleure compagnie.
Mais au fur et à mesure que le repas avan-
çait et que le silence qui régnait en face du
lac, sur lequel étaient ouvertes les larges
fenêtres de la salle à manger, m'eût réduit
au rôle passif de contemplateur, mes regards s'attachèrent sur cette famille avec
une sorte de prédilection instinctive. Ma
bête du reste était rassasiée et mon appétit
pouvait désormais se désintéresser de ce
qui restait à servir du menu de la journée.

A partir de ce moment, je ne mangeai que tout juste assez pour ne pas paraître indiscret dans ma muette contemplation.

La table était large, et par suite empêchait la conversation de se nouer dans le sens de la largeur. Tout échange de paroles m'était donc à l'avance interdit, dans cette direction. A quelques mots prononcés par la sœur aînée pour retenir à table le jeune homme impatient d'aller jouer au dehors, je m'étais aussitôt confirmé dans l'opinion que je m'étais faite de leur nationalité. Ils étaient Anglais et en portaient d'ailleurs bien le type caractéristique, le mari surtout, grand, sec, avec ses favoris roux, et, dans son air grave, cette impassibilité britannique qui est le fond du caractère de nos voisins d'outre-Manche. Je demeurais plus indécis pour attribuer la même origine chez la mère. Elle en portait bien, à vrai

dire, le cachet dans ses allures et dans son
langage. Mais il y avait en elle un quelque
chose indéfinissable qui me faisait soup-
çonner une compatriote, tout au moins
d'origine très rapprochée, sinon de naissance. J'ajournai donc mon jugement à
l'endroit de la mère.

Quant à la jeune fille, qui te préoccupe
assurément plus que moi en ce moment,
elle avait des yeux bleus d'une transparence
angélique ; elle était blonde et belle de cette
beauté septentrionale dont Shakespeare a
embelli Ophélie. Tous les quatre étaient
vêtus de noir. Mais le deuil ne semblait
pas résider seulement dans leurs vêtements.
Une douleur poignante se lisait aisément
dans leurs traits resserrés. Je ne crus pas
me tromper même en apercevant quelques
larmes furtives, presque aussitôt essuyées,
et retenues à grand'peine sous les pau-

pières gonflées de la mère et de sa fille.

Depuis que je les avais ainsi un peu in-
discrètement dévisagés, tout en eux m'intéressait. Je me sentais entraîné vers eux
par ce charme secret de l'inconnu et de la
comparaison. J'aurais voulu savoir le sujet de leurs peines, prendre ma part de
leurs chagrins. Ris de moi, si tu veux. Mais
j'étais aussi sincèrement que profondément
ému. Un moment, je crus m'apercevoir
que mes regards instigateurs embarras-
saient la jeune miss, et je m'abstins, non
sans peine, de les diriger désormais vers
elle. En même temps, le silence glacial qui
ne s'était pas démenti depuis le commencement du dîner, m'enlevait tout prétexte
à une entrée en matière. Je me tus donc,
sans faire autre chose pour cela que ce que
j'avais fait jusqu'alors. Je pestais en moi-
même. On était au dessert. J'offris, *en latin,*

un biscuit à mon énigmatique voisin. Il me
regarda du même air qui voulait dire la
même chose. Quelle langue pouvait bien
comprendre et parler cet étranger ?

Le repas était terminé. On se leva de table et je m'arrachai avec regret de ce coin
où pendant quelques instants je m'étais
absorbé dans une délicieuse contemplation.
Ces quatre êtres, étroitement unis, me
semblaient bien la famille telle que je venais de la quitter, et cette jeune fille donnait assurément raison à vos doctes paroles, madame la pédante. Les convives se
dirigèrent les uns après les autres vers le
grand salon de conversation, dont le nom
devait me paraître une amère ironie après
ce qui venait de se passer à table. J'y vis
entrer mes quatre Anglais, mais je n'eus
pas le courage de les suivre. J'étais honteux
de la sotte attitude qu'il m'avait fallu ob-

server, malgré moi, pendant le repas. Je
m'installai donc sur la terrasse qui donne
sur le quai, et mis en demeure de fumer un
de ces excellents cigares que je dois à la
magnanimité de ton mari, tout en contem-
plant le mont Blanc qui se mirait de toute
sa hauteur dans les eaux fraîches et transparentes du lac.

Il faisait une de ces soirées de printemps
si douces dans ce pays de montagnes, dont
la vue nous rapproche de Dieu. Je me plai-
sais à regarder machinalement devant moi.
Mes yeux demeuraient obstinément attachés sur un coin de neige oublié dans un
des endroits les plus escarpés de la monta-
gne. Au bout d'un moment, je les ramenai
instinctivement sur la surface du lac. Dans
ces eaux limpides, il me semblait retrouver
encore l'image de la jeune fille de tout à
l'heure, de celle qui avait fait si soudaine-

ment impression sur tout mon être, que mon imagination dotait de toutes les qualités et de toutes les vertus, et dont le souvenir décidément s'acharnait après moi, sans que je fisse le moindre effort, je l'avoue, pour me soustraire à cette douce persécution. La fumée de mon cigare aidait encore à cette rêverie prolongée, et je goûtai là un délicieux moment, sans entrer encor pour cela dans ta manière de voir, je dois te l'avouer tout franchement.

Une brûlure à l'index vint me rappeler à la réalité de la situation. Mon cigare était fini et, dans l'oubli où j'étais de moi-même, j'en avais poursuivi l'incinération jusqu'à la dernière extrémité. La fraîcheur du soir m'invitait à rentrer. Je pénétrai, non sans quelque hésitation, dans ce salon tendu de brocart rouge, qui est la tenture obligée de tous les salons d'hôtel à la mode, où tout le

monde s'était réuni après le dîner. Quelle
ne fut pas ma surprise ! J'y retrouvai la
même société que tout à l'heure ; mais cette
fois le bruit des conversations faillit m'as-
sourdir les oreilles. Je ne me trompais
pas ! Tout ce monde qu'un moment auparavant j'aurais pu croire entièrement privé
de l'usage de la parole causait maintenant
à qui mieux mieux. C'était un tapage digne
de la tour de Babel, un abus de la parole
contre lequel on se serait volontiers élevé.
Mon voisin lui-même semblait avoir re-
noncé définitivement à un mutisme inquiétant. Je m'approchai de lui : il n'en parut
pas le moins du monde embarrassé et me
vit venir sans terreur.

« Vous parlez donc l'anglais ? lui dis-je
sur un ton de familiarité brusque qui ne
parut pas lui déplaire, dans la langue de
lord Byron.

— Et le français, pour vous faire plaisir, me répondit-il malicieusement avec un accent aussi pur que s'il m'eût avoué son origine parisienne...

— Et l'allemand, sans doute ?

— Et l'italien, à votre service...

— Et le latin, par conséquent..

Tout cela de la meilleure grâce du monde. Nous ne pûmes retenir un éclat de rire et il se chargea de m'expliquer un silence qui, pendant le dîner, m'avait si fort étonné.

Il paraît que lorsqu'un nouveau voyageur arrive à l'hôtel, l'habitude est qu'il soit présenté officiellement à la société réunie au salon avant de passer à table. Je n'avais pas prévenu que je devais dîner. De plus, je m'étais trouvé en retard, et ce manquement aux usages avait complètement dérouté les personnes présentes. Mon interlo-

cuteur, qui était devenu tout à fait aimable
et loquace, m'assura que la chose était
réparable. Je n'en doutai pas un seul instant. Il crut devoir même ajouter que j'avais
été très convenable et que j'avais produit
le meilleur effet sur tous les assistants. Je
le remerciai pour cette bonne opinion qu'il
consentait à avoir de moi et je l'assurai de
mon côté que j'étais dans la plus complète
ignorance d'un usage auquel il ne m'eût
point été désagréable de me conformer. Ce
n'était pas, il est vrai, un hôtel proprement
dit, mais une pension de famille où l'intimité qui y règne généralement demande
certaines précautions. Je m'excusai de mon
mieux d'avoir pu paraître rompre en vi-
sière avec une habitude qui a certainement
sa raison d'être. Après cette petite explication, nous étions devenus les meilleurs
amis du monde.

Il me déclina son nom, ses qualités et ses titres après que je me fus moi-même entièrement révélé à sa curiosité. C'était un savant hollandais. Sa conversation, empreinte de quelque ironie, pouvait jusqu'à un certain point expliquer la mystification dont il m'avait fait l'objet un moment auparavant. Je résolus de mettre à contribution les excellentes dispositions qu'il me montrait, pour lui poser une foule de questions qui me brûlaient les lèvres. J'appris de lui le nom de la famille qui m'avait si vivement intéressé. Le père se nommait Sayer, comme je te l'ai dit déjà au commencement de ma lettre. C'était un riche manufacturier anglais, qui avait fait sa fortune aux Indes et qui était membre de diverses Sociétés savantes en Europe, et de plus comblé de dignités dans son pays, auquel il avait rendu de signalés services.

10

Mistress Sayer était Française et il l'avait
épousée à Madras où son père était consul
de France. Le ciel avait béni leur union, et
tout avait prospéré pour eux jusqu'au jour
où, quelques mois après qu'ils avaient
quitté définitivement les Indes pour se fixer
à Londres, l'aînée de leurs enfants, une
jeune fille ravissante de vingt ans, qui était
devenue rapidement l'ornement de la
société britannique par sa grâce, son esprit
et sa beauté, avait été condamnée par les
médecins de la Cité. Une maladie de poitrine s'était brusquement déclarée, et le
séjour en Italie avait été jugé nécessaire.
Mais le voyage n'avait pas amené le résultat sur lequel on comptait. La jeune fille
était morte à Naples où elle avait voulu
dormir du sommeil éternel à l'ombre d'un
de ces orangers en fleurs qui devait perpé-
tuer le souvenir suprême de son innocente

beauté. En ce moment, la pauvre famille désolée revenait d'Italie, et s'était arrêtée quelques jours à Genève, avant d'aller à Londres terminer quelques affaires. Tous les quatre n'avaient pas d'autre idée que de revenir se fixer pour toujours à Naples, auprès de la chère morte. Telle était la raison de la douleur que j'avais pu lire dans les traits de ces visages si pleins d'une affectueuse franchise. Je ne m'étais donc pas trompé lorsque j'avais cru voir la mère et la fille essuyer furtivement une larme en se regardant, à l'évocation, sans doute, de ce pénible et cruel souvenir.

Cette mort avait été un coup terrible pour cette famille si tendrement unie. Miss Lucy portait sur elle les signes d'une douleur réelle, comme un voile étendu sur sa jeune beauté. Elle aimait sa sœur à l'adoration et sa santé s'était trouvée ébranlée

d'une séparation aussi soudaine et aussi
imprévue. A mesure que mon nouveau
compagnon me racontait tous ces détails,
je m'intéressais davantage au malheur de
cette famille. Il me semblait qu'elle était
devenue mienne, et je ne sais pourquoi je
cherchais de plus en plus, comme par un
secret instinct, à m'insinuer dans leur vie.
M. Van Berghem (c'est le nom de mon interlocuteur) la connaissait assez pour que
je pusse me permettre de lui demander de
me présenter à cette famille. Il le fit avec
la meilleure grâce du monde et je me sen-
tis avec bonheur pénétrer plus avant dans
ce petit cercle intime et familier qu'aug-
mentaient quelques autres personnes de
l'hôtel.

On causa. Mistress Sayer avait beaucoup
connu notre oncle Antonin, celui que j'ai
toujours appelé sentencieusement « Mon-

sieur le Diplomate ». Cela ne devait que nous rapprocher davantage et créer entre nous des liens que je commençais à trouver charmants. L'aspect de la scène avait, comme tu le vois, absolument changé.

Avec la nuit, le mauvais temps était venu. La journée avait été étouffante et l'obscurité était devenue tout à coup plus épaisse par le passage de lourdes nuées qui portaient avec elles les symptômes d'un orage prochain. Les trois fenêtres du salon, toutes grandes ouvertes, semblaient trois grands trous noirs dont on eût vainement cherché à sonder les profondeurs. Les eaux du lac, en recevant dans leur miroir, maintenant assombri, les reflets des montagnes environnantes et des nuages de plus en plus envahissants, étaient, à cette heure, noires et épaisses. L'atmosphère chargée d'électricité pesait sur chacun de nous. Les vagues, en venant se briser contre les jetées du quai, nous envoyaient une brise chaude et incommodante. Je crus m'apercevoir que ce brusque changement dans la température agissait sur la nature délicate de miss Lucie ou que tout au moins sa douleur en paraissait surexcitée. Je m'approchai d'elle pour lui demander, d'une voix que je réussis facilement à rendre avenante, si elle ne se sentait pas indisposée. Elle me fit signe que non par un regard que ses larmes retenues voilaient visiblement.

Tout le monde se taisait du reste depuis un moment dans ce salon où les lumières flottantes des bougies se ressentaient de l'obscurité envahissante du dehors. Un profond silence régnait maintenant où l'on babillait tout à l'heure avec une volubilité étourdissante. Chacun subissait l'influence

expectative du phénomène qui se préparait. Une jeune fille s'était mise au piano
et jouait silencieusement les premières
mesures d'une symphonie d'Haydn. Je
profitai de cette occasion pour demander à
miss Lucie si elle aimait la musique. Cette
question, quelque banale qu'elle pût paraître, fut cependant bien accueillie par
un sourire à la fois aimable et triste où je
crus deviner qu'elle me remerciait tacite-
ment de l'intérêt que je lui témoignais,
Miss Lucie était musicienne. Elle adorait
les grands maîtres : Beethoven, Mendels-
sohn, Mozart, Chopin, et dans la modestie
avec laquelle elle m'avoua ce culte tout
naturel, je vis bien qu'elle ne me trom-
pait pas.

Depuis la mort de sa sœur aînée, c'est à
peine si ses doigts avaient effleuré les
touches du piano, où, malgré elle, elle évo-

quait de tristes souvenirs. Aussi, sa santé très ébranlée n'avait-elle pas besoin de cette surexcitation nerveuse, et les médecins avaient-ils cru prudent de lui interdire cette distraction aussi longtemps qu'elle ne saurait pas commander à son imagination attristée. Cela ne l'empêcha pas de trouver là un sujet de conversation intarissable. La glace était désormais rompue. Elle parlait avec enthousiasme des plus célèbres compositeurs. Elle s'exprimait à leur endroit avec une éloquence pleine de candeur et de simplicité. J'étais littéralement sous le charme. J'eus bien vite deviné que j'avais affaire à une véritable artiste de tempérament et de cœur, ce qui me ravit.

En ce moment, on jouait l'*Adieu* de Schubert, et je cherchais à lire sur le visage de miss Lucie les impressions que

cette mélodie pouvait produire en elle.
Mais, pendant tout le temps que dura le
morceau, elle ne manifesta pas la moindre
émotion de plaisir ou de douleur. Je
m'étonnai de cette impassibilité. Les mélodies de Schubert ont quelque chose de
tendrement expressif et consolant qui parle
à l'âme, et je ne pouvais m'imaginer
qu'on pût aimer la musique sans adorer
ces chants suaves autant que je les adore
moi-même. Quand le morceau fut fini et
que la jeune exécutante eut reçu les
applaudissements qu'elle avait bien mé-
rités, je résolus d'en avoir le cœur net et
je fis en matière d'interrogation un éloge
exagéré du compositeur Viennois. Je pris
une à une toutes les parties de son œuvre
symphonique et j'en analysai les beautés
avec une âpre curiosité. Je m'apitoyai sur
le sort de ce chantre inspiré, de ce poète

de la mélodie, tombé à la fleur de l'âge
après une vie de lutte et de souffrances, et
dont il avait fallu la mort pour révéler le
talent méconnu jusque-là. Je parlai avec
une modération quelque peu exagérée des
accents si touchants qu'il avait su trouver
pour analyser dans sa langue les diverses
aspirations de l'âme et les sentiments multiples de l'humanité. Miss Lucie me laissa
dire. Quand j'eus épuisé tout mon petit
bagage d'éloquence admirative, elle secoua
négligemment la tête et avec un air de
tristesse et de résignation moqueuse :

« Vous aimez vraiment tant que cela la
musique de Schubert, monsieur ? » fit-elle.

Et elle laissa échapper un long soupir
après lequel elle se tut un instant. Puis,
avec une sorte de conviction qui semblait
à peine oser se manifester, après les ar-
dentes paroles que j'avais trouvées pour

louer ce musicien, elle me dit résolument
et comme pour secouer un doute pénible :

« Au fait... vous avez peut-être raison...
Mais c'est plus fort que moi... Appelez cela
du parti pris, si vous voulez... je n'éprouve
aucun embarras à le confesser... Mais je
ressens pour les compositions de l'auteur
de l'*Adieu* une véritable antipathie... Je le
trouve languissant et terne... Il est triste
et jamais consolant... Il vous entraîne dans
des pensées amères sans jamais trouver
une note élevée pour vous tirer de la lan-
gueur où il vous jette volontairement...
C'est une modulation perpétuelle, inspi-
rée, si vous voulez, mais c'est toujours la
même modulation... J'avoue que, lorsque
j'essaye d'en lire quelques pages au piano,
il me crispe, il m'énerve, je ne sais pourquoi il me semble qu'il m'affaiblit dans
mes convictions. Je cherche vainement en

lui une parole qui console, et je ne la rencontre pas. Je ne trouve que le désespoir,
les larmes et le découragement... Il a dû
être bien malheureux, je le crois, si sa musique est le reflet de sa triste existence...
Toute son œuvre se ressent de son esprit
maladif et inquiet... Il est la ressource des
âmes malades, des esprits chagrins, qu'il
surexcite sans leur donner du courage...
Il ne faudrait pas longtemps de sa musique à un malade pour mourir de lan-
gueur comme lui-même est mort, épuisé,
après une vie d'amertume et de souffrances. »

Elle s'arrêta... J'étais surpris... Il y avait
dans ces paroles comme l'évocation in-
consciente d'un souvenir pénible, comme
une irritation secrète, dont j'eusse à ce
moment essayé en vain de découvrir la
cause cachée. Il y avait évidemment du

parti pris dans cette opinion, si nettement
exprimée, d'une jeune fille dont l'âme tra-
hissait comme malgré elle toutes les nobles
aspirations vers l'art. Je ne crus pas devoir
m'appesantir plus longtemps sur un sujet
qui paraissait affecter aussi vivement miss
Lucie. Je détournai le cours de la conversation; mais, malgré moi, j'étais ému
et comme gêné de ce que je venais d'entendre.

Une dame prit soin de me tirer de l'embarras dans lequel je me trouvais en venant prier miss Lucie de se mettre au piano.
Elle me regarda silencieusement et semblait disposée à accepter la proposition
qui lui était faite. Mais mistress Sayer
s'interposa, mit en avant l'influence funeste qu'avait depuis quelque temps cet
instrument sur le système nerveux de sa
fille, rappela les conseils et les prescrip-

tions du docteur, mais au surplus laissa celle-ci libre d'agir comme bon lui semblerait et selon qu'elle se sentirait bien ou mal disposée. Miss Lucie ne se le fit pas dire deux fois, avoua d'un air câlin à sa mère qu'elle était ce soir-là mieux portante. Elle mentait, car à ce moment même elle subissait, comme malgré elle, un tressaillement nerveux dont elle n'était pas maîtresse. Elle se mit néanmoins résolument au piano et attaqua de mémoire, bien que le morceau fût ouvert devant elle, une fantaisie hongroise, d'un compositeur allemand dont le nom m'échappait, mais que je reconnus aux premières notes pour l'avoir entendu exécuter dans ton salon.

Elle n'avait pas atteint la fin de la première page qu'un éclair déchira tout à coup la voûte épaisse de ce ciel chargé

de nuages et qu'un coup de tonnerre for-
midable vint peu d'instants après éclater
au milieu du silence de la soirée. Miss
Lucie s'était aussitôt levée, et, abandon-
nant son piano, était venue se réfugier,
toute tremblante, dans les bras de son
père. La plupart des personnes présentes
avaient couru aux fenêtres pour se rendre
compte de l'état de l'atmosphère ; d'autres, moins hardies, se réfugiaient dans
les coins du salon, ou se blottissaient
dans les fauteuils, comme si elles devaient y être plus en sûreté. Ce ne fut
pendant un moment qu'un fracas épou-
vantable auquel les éclairs se mêlaient.
Bientôt la pluie tomba à grosses gouttes
et parut un moment vouloir lutter contre
la violence de l'orage. Les éclairs embra-
saient les sommets des montagnes environnantes et, en se reflétant à la fois

dans les eaux du lac et dans les milliers
de gouttes qui tombaient, cela produisait
un effet sinistre et féerique à la fois.
C'était dans cet étroit espace un scintil-
lement perpétuel qui apparaissait, puis
s'éteignait soudain, pour laisser au bruit
du tonnerre le soin de troubler l'impo-
sante solennité de la nuit.

Enfin les coups devinrent de plus en
plus distants. Bientôt même l'on ne distingua plus dans les ténèbres que le bruit
de la pluie, qui avait triomphé de l'orage
et qui, en tombant avec fracas sur la
nappe liquide du lac, rendait ses ondes
sonores et retentissantes. Chacun se sentit
comme soulagé. Les groupes se refor-
mèrent; les conversations reprirent leur
cours; mais de musique il ne fut plus
question.

Pendant tout ce temps, miss Lucie était

demeurée blottie au fond d'une solen-
nelle bergère où son père l'avait déposée
avec toute sorte de précautions et avait
cherché à la rassurer. Elle semblait hon-
teuse d'avoir eu peur et aurait voulu protester contre une surprise de ses nerfs
surexcités par l'état de la température.
Il se faisait tard. Tant que l'orage avait
duré, personne n'avait songé à se retirer,
retenu par ce secret instinct de la con-
servation qui, dans ces moments de trouble de la nature, fait qu'on n'aime pas à
se trouver seul. Maintenant que la pluie
elle-même avait cessé de tomber, que le
ciel paraissait devoir reprendre en peu de
temps sa sérénité de la journée, chacun
fit mine de vouloir regagner son appartement.

« Onze heures, » s'était brusquement
écriée une vieille dame, en regardant la

pendule Empire qui ornait la cheminée entre deux grands candélabres du même style et de la même époque. « Nous n'avons pas l'habitude de veiller si tard. »

Elle n'avait pas plus tôt prononcé ces mots, que le marteau de la pendule annonça, par un petit bruit sourd que l'on distingua exactement dans le silence du salon, la sonnerie qui correspondait à l'heure indiquée sur le cadran par les aiguilles.

M. et Mme Sayer se levèrent. Je fis de même et pris congé de mes nouveaux amis, qui se retirèrent en me disant : A demain.

« A demain, monsieur, et si vous le voulez bien, nous ne reparlerons pas de Schubert », m'avait dit également miss Lucie, dont le visage conservait toujours cette empreinte d'une tristesse nerveuse qui m'a-

vait si singulièrement frappé. « A demain », répéta-t-elle, en suivant ses parents, qui se trouvaient déjà sur le seuil
de la porte, « et bonne nuit ». Elle avait
accompagné ces quelques mots de pure
politesse d'un sourire exquis qui aurait
suffi pour me confirmer dans la bonne opinion que j'avais de moi-même, si j'avais
été tenté de douter des trésors de séduc-
tion que ton frère possède à un degré que
tu sais bien. Je crus pouvoir augurer de ce
sourire que je ne m'étais montré ni trop
sot, ni trop maladroit. Puis, après avoir
serré cordialement la main de M. Van Berghem, qui s'était rapproché de moi et pré-
tendait que je devais avoir besoin de sommeil, je le remerciai avec une effusion qui
le fit sourire à son tour et pris le parti de
me retirer.

Ma chambre était située au rez-de-chaus-

sée, non loin du salon où je venais de passer de si délicieux instants. J'y entrai la
tête tout agitée et l'esprit enclin au recueillement. Quoi qu'en ait dit M. Van Berghem,
je n'avais nullement besoin de dormir. Je
donnai quelques minutes au rangement
de ma chambre. Elle me sembla trop petite pour contenir mes idées, qui débor-
daient. Instinctivement, je m'approchai
de la fenêtre pour juger par moi-même des
derniers effets de l'orage, qui touchait à sa
fin. Le front appuyé contre la vitre mouil-
lée, sur laquelle mes doigts tambouri-
naient machinalement quelques-uns des
airs que je venais d'entendre, je me surpris à penser sérieusement. Je pensai à
toi, chère petite sœur, aux moutards que
tu m'as donnés pour neveux et nièces, au
bonheur de mon coquin de beau-frère que
je trouvais en ce moment le plus heureux

des hommes, sans m'empêcher pour cela
de le proclamer toujours le plus affreux.
Je me dis à part moi que j'avais fait bien
du chemin pour me trouver en somme
plus rapproché de toi, de tes idées, de tes
projets. Tout cela me trottait par la cervelle dans une confusion où je cherchais
vainement à me reconnaître. Je ne me ren-
dais pas encore un compte bien exact de
tout ce qui s'y entassait au fur et à mesure
que mes pensées se mêlaient aux événe-
ments des vingt dernières heures que je
venais de vivre. J'eus un moment l'idée de
t'écrire. Je pris même toutes mes dispositions pour mettre à exécution ce beau projet. Puis le respect humain me prit. J'eus
peur que ton triomphe ne te donnât l'or-
gueil d'une victoire aux conséquences de
laquelle je ne songeais pas encore bien
nettement. Dans l'idée que tu te moque-

rais impitoyablement d'un homme terrassé
par les circonstances, je brisai ma plume,
fermai mon encrier et m'enfonçai dans ma
rêverie.

Je ne t'ai conté jusqu'ici rien que de très
naturel. Moi, qui semblais au début de ma
lettre te promettre un roman dans le genre
d'Anne Radcliffe ou de Ponson du Terrail,
tu vas peut-être croire, ma chère Louise,
que ton frère a voulu tout bonnement te
mystifier. D'un autre côté, tu ne saurais admettre, n'est-ce pas, que si ce frère, que
tu as si longtemps et si inutilement prêché, en vient enfin à donner pratiquement
raison à tes arguments, il ne peut le faire
comme tout le monde. Il faut nécessaire-
ment qu'il y ait du romanesque dans cette
union qu'il t'annonce, du merveilleux
même. Et c'est là où tu m'attends, sans
doute. Je te vois d'ici, chiffonnant d'une

main impatientée ma lettre déjà longue,
te demandant si en fin de compte je ne me
moque pas de toi, sans avoir pu trouver,
pour rassasier ton imagination de femme
vaporeuse, rien que de très ordinaire, en
somme l'histoire d'un bon jeune homme
qui ne veut pas prendre femme, malgré
les sages conseils de sa sœur, et qui la
prend.

Patience! ma chère Louise, voilà où le
merveilleux commence; car il y a du merveilleux dans mon histoire, ni plus ni
moins que si j'étais un des personnages
sortis armés de pied en cap de l'imagination de nos plus bizarres romanciers. Mais
ici surtout je te demande de bien t'assurer
si personne ne lit par-dessus ton épaule,
si l'enveloppe n'a pas révélé à une main
indiscrète le secret qu'elle contient. Comme
c'est encore un mystère et qu'il faut que

ce soit un mystère jusqu'au moment que
je trouverai propice pour le révéler à tous,
veille bien à ce qu'il n'en soit pas autrement ou crains le sort de Pandore, cette
Ève de la mythologie grecque.

Il n'est pas de rêverie qui n'aboutisse
à la somnolence, et de la somnolence à
l'assoupissement complet. J'en étais au
dernier degré de cet état psychologique
de mon être, après m'être jeté insoucieu-
sement tout habillé sur mon lit et rêvant
encore les yeux ouverts, à la lueur de la
bougie que j'avais négligé d'éteindre. Mes
paupières alourdies s'étaient instinctivement rapprochées, sans que mon rêve eût
cessé.

Je ne sais si je dormis longtemps ainsi,
deux heures peut-être. étais-je bien certain même que le sommeil se fût emparé
de moi? Tout ce qui s'était passé dans

cette soirée m'avait bouleversé au point
que je n'étais plus maître de mes idées.
Évidemment, je rêvais. Je repassais par
toutes les émotions de cette soirée. Il me
sembla que plusieurs jours s'étaient écou-
lés, que j'avais fini par convertir miss Lucie à Schubert, qu'elle aimait maintenant
ce compositeur autant que moi, plus que
moi peut-être, et qu'elle exécutait toutes
les mélodies de ce maître comme elles doivent être exécutées, avec tout son esprit
et son cœur. J'écoutais cette douce harmo-
nie que cette ravissante enfant faisait naître sous ses doigts agiles, et j'éprouvais je
ne sais quel ineffable plaisir, quel charme
profond à sentir son âme se confondre
avec la mienne pour traduire ces mélodies
exquises, à qui il a fallu la mort de l'auteur et l'interprétation du grand artiste
Adolphe Nourrit pour devenir célèbres

en France. Je me faisais, tout en somno-
lant, l'effet du dormeur éveillé à qui la
reine Mab envoie les songes les plus en-
chanteurs qu'il soit donné de distribuer à
la compagne légitime d'Obéron.

Tout à coup je me levai sur mon séant,
comme mû par un ressort. Moi qui croyais
rêver, j'étais éveillé depuis déjà un bon
moment. Je me tâtai par tout le corps pour
bien m'assurer que je ne dormais pas. A
moins d'une illusion dont je fusse le capricieux jouet, je ne me trompais pas. Mais
dans le grand salon que je venais de quitter et auquel ma chambre était presque
contiguë, quelqu'un jouait du piano, si
sourdement, il est vrai, que c'est à peine
si les sons pouvaient en arriver jusqu'à
moi, malgré la proximité à laquelle je me
trouvais de ce mélomane nocturne. Je ten-
dis l'oreille et écoutai. Cette musique ap-

partenait-elle au rêve ou à la réalité? Mon
esprit, pourtant bien éveillé, hésitait à se
poser une semblable question et surtout à
y répondre. On jouait une des plus ravis-
santes mélodies de Schubert : *Les plaintes
de la jeune fille.* Je me pinçai vigoureuse-
ment les deux bras pour bien m'assurer
que je n'étais pas sous le charme d'une
hallucination musicale.

Il fallut bien me rendre à l'évidence.
Ma bougie brûlait toujours, et, à la quan-
tité de cire consommée, j'estimai que j'a-
vais dû dormir deux bonnes heures. La
pendule de la chambre était arrêtée, comme
le sont ordinairement les pendules d'au-
berge ou hôtellerie. Ma montre marquait
trois heures. A cette heure de la nuit, quel
était l'original qui pouvait avoir eu l'idée
de s'offrir ce petit concert aux dépens de
la tranquillité de l'hôtel? Il est vrai que

ce singulier mélomane avait du moins la
discrétion de jouer avec les deux sour-
dines. Mon oreille, tendue dans la direction du salon, s'était peu à peu familiari-
sée avec cette mélodie nocturne. J'entendais maintenant très distinctement. C'é-
tait toujours le même morceau, la même
phrase répétée avec une certaine monotonie peut être, mais en tous cas avec une
rare sensibilité d'expression. Je distin-
guais très exactement ces plaintes amères
pour lesquelles le compositeur a trouvé
des accents si dramatiques et si touchants.

Il ne m'en fallut pas davantage pour me
persuader qu'il se passait à ce moment
quelque chose d'insolite dans l'hôtel, que
l'immeuble était hanté par des esprits sur-
naturels qui se donnaient la nuit rendez-
vous en cet endroit pour mettre à contribution le piano de l'hôtel.

Je ne pris pas plus de temps pour réfléchir. Je saisis d'une main ma bougie à
moitié consumée, m'armai de l'autre d'un
revolver qui est, en voyage, un compagnon
indispensable, et bravement pris le parti
d'aller à la découverte de cette sirène nocturne, qui, si elle était quelque brigand ou
quelque voleur, avait choisi là un singulier
moyen pour attirer dans ses rêts et dé-
trousser les voyageurs. La porte du salon
était entr'ouverte et il s'en échappait une
faible lueur que mon imagination surexcitée n'hésita pas à qualifier de merveilleuse.
Je faisais le moins de bruit possible, rete-
nant avec peine ma respiration. La même
mélodie courait toujours sur le clavier,
dans le ton grave où elle est écrite. J'étais
sérieusement intrigué, me demandant qui
j'allais trouver en face de moi et hésitant à
pousser le battant de la porte auprès de la-

quelle j'étais arrivé. Encore une fois, je m'interrogeai pour savoir si j'étais bien réellement éveillé.

Je me rappelais que le piano se trouvait juste en face de la porte, à l'autre extrémité du salon. Je pus donc m'assurer immédiatement que je ne dormais plus si toutefois j'avais pris congé de la société et en dernier lieu de mon voisin de table, l'honnête Hollandais Van Berghem, à qui je n'étais pas éloigné d'attribuer des vertus surnaturelles.

C'est ici, ma chère Louise, que je te recommande la plus grande attention !...

Une femme, enveloppée dans une coquette toilette de nuit, la tête et le cou perdus dans un flot d'élégante mousseline, était installée au piano. Elle était absorbée par ce même morceau qu'elle reprenait aussitôt après l'avoir terminé, mais

cela si lentement, si doucement, que les
sons en s'échappant de l'instrument semblaient comme assourdis par une enveloppe mystérieuse. La lampe, une de ces
lampes d'hôtel, avec leur abat-jour vert,
qui sont partout les mêmes aussi bien dans
les somptueuses auberges des grandes
villes que dans les chefs-lieux de canton,
était posée sur le piano. Elle achevait de
brûler en répandant tout autour du piano
une lumière insuffisante et qui donnait à
cette scène nocturne un aspect tout à fait
mystérieux et fantastique.

A ce moment je tremblais bien un peu.
Je ne savais ce qu'il fallait penser et faire,
et n'osais me questionner sur l'identité de
la personne que je craignais de troubler
dans l'exécution monotone qu'elle m'accor-
dait d'une mélodie que je considère comme
l'une des meilleures de Schubert. L'exécu=

tante n'avait pas bougé. Ses mains elles-
mêmes, comme lourdes et appesanties, ne
semblaient pas changer de place, tant elle
ralentissait à dessein le mouvement de ce
morceau qui est déjà si lent par lui-même.
Qui pouvait bien à cette heure indue et
pendant que tout le monde dans l'hôtel
dormait du plus profond sommeil, qui
pouvait avoir eu l'idée de venir évoquer
cette mélodie ? En une seconde, j'eus passé
en revue dans ma tête toutes les dames que
j'avais rencontrées dans cette soirée, soit à
table, soit dans ce même salon, après le
dîner. Pas une de celles que ma mémoire
m'offrait ne m'avait paru être d'humeur
assez fantasque pour oser troubler, par un
concert aussi insolite, le sommeil d'honnêtes voyageurs.

Cependant, cette immobilité me surpre-
nait. Je ne crus pas un seul instant à la

possibilité d'un revenant. Je ne suis pas
superstitieux à ce point. Mais j'admis non
moins vite que ce pourrait bien être
quelque somnambule en rupture d'édre-
don.

Rassuré par cette idée dont je fus satisfait, je m'avançai, certain maintenant
que je ne serais pas indiscret, et en prenant
néanmoins les plus grandes précautions
pour étouffer le moindre bruit. Je franchis
le seuil de la porte. A ce moment, il me
sembla que je venais d'entendre du bruit
au dehors. Quelqu'un avait-il été attiré
comme moi par cette musique inexplicable
et inexpliquée? Je tremblai moins pour
moi que pour ma dormeuse, que le moindre craquement pouvait tirer de son assoupissement. Elle ne fit néanmoins aucun
mouvement et continua à effleurer les
touches du clavier qui lui répondait en

soupirant toujours et sur le même mode
lent la même mélodie.

J'arrivai près d'elle... Tu as deviné,
n'est-ce pas, ma chère Louise, que mon
exécutante nocturne n'était autre que miss
Lucie?... Elle était là, avec ses yeux à demi
fermés, d'où s'échappaient de grosses
larmes... Elle avait dans sa physionomie
endormie je ne sais quelle expression de
tristesse à laquelle le sommeil ajoutait
quelque chose de fantastique. Je pus me
rendre compte cependant que, dans ce
corps paralysé par une sorte de léthargie
incomplète, l'esprit veillait. Sous cette
chair brûlante et enfiévrée, dont le dé-
sordre d'une toilette de nuit me laissait
surprendre la blancheur, le cœur battait
avec tant de force que j'en entendais les
battements précipités de la place assez
éloignée où je m'étais discrètement arrêté.

L'âme n'avait pas cessé d'animer ce corps
engourdi qui semblait n'avoir plus aucune
espèce de communication avec les objets
extérieurs. Tu peux te figurer aisément ma
stupéfaction en écoutant exécuter cette
mélodie dans des conditions aussi étranges
et avec une expression dolente qui rentrait
bien dans le caractère du morceau...

Par quelle influence mystérieuse cette
jeune fille s'était-elle trouvée arrachée
ainsi à son repos? N'était-ce pas là le secret de cette maladie nerveuse qui la mi-
nait sourdement depuis la mort de sa sœur
et devait fatalement la conduire au tom-
beau si l'on ne prenait soin d'en arrêter les
progrès? Il était évident que sa famille
ignorait l'étendue du mal, qu'elle n'en
soupçonnait pas les effets magnétiques. Et
puis c'était peut-être la première fois aussi
que ce phénomène se produisait et que

l'affection particulière dont souffrait cette
enfant avait un résultat de cette nature.

Je me disais tout cela, lorsque j'entendis
craquer la porte du salon. Je me retournai
brusquement. Un domestique de l'hôtel,
réveillé sans doute comme moi par le bruit,
venait s'enquérir de ce qui se passait. Il
allait parler. Je ne lui en laissai pas le
temps, et quelques mots que je lui dis rapidement à l'oreille parurent le satisfaire.
Il se retira, non sans avoir auparavant levé
stupidement les bras en l'air en signe de
stupéfaction et non sans avoir souvent re-
gardé derrière lui, malgré les injonctions
muettes que je lui adressais de ma place
pour l'inviter à regagner son lit.

Pendant les quelques secondes qu'avait
duré ce petit manège, miss Lucie n'avait
pas bronché. Elle s'interrompait quelquefois, mais reprenait au bout d'un instant.

Elle poussait par intervalles des soupirs qui paraissaient l'oppresser et la soulager à la fois. Tout à coup, elle éclata en sanglots, prit sa tête dans ses mains et demeura relativement un assez long temps dans cette position.

Je commençais à m'inquiéter du dénouement que pourrait avoir mon aventure. J'eusse été bien cruellement embarrassé, à la vérité, si, par hasard, ma dormeuse, se réveillant, m'avait trouvé à cette heure et dans ce lieu en face d'elle. Qu'aurais-je fait? Qu'aurais-je dit? Comment expliquer ma présence? Comment elle-même eût-elle accepté cette révélation? Les idées traversaient ma cervelle avec la rapidité de l'étincelle électrique. Je voulais fuir. Et si quelque chose allait arriver, si quelque accident survenait qui mît en danger les jours de miss Lucie, n'aurais-je pas à me

reprocher un sentiment exagéré de scru-
pule? Ne devais-je pas considérer comme
un hasard providentiel d'avoir été, au con-
traire, amené en cet endroit pour veiller
sur une pauvre malade? Et quand miss
Lucie se réveillerait? Quand on me surpren-
drait, à ce moment de la nuit, qui oserait
sincèrement douter des explications loyales
que je pourrais donner pour justifier ma
présence? Ce raisonnement, auquel mon
esprit se livrait à cette heure avec une volubilité foudroyante, me tenait cloué sur
place.

Heureusement, rien de ce que j'avais pu
raisonnablement redouter ne se réalisa.
Après avoir sangloté pendant un instant,
miss Lucie parut tout à coup mue comme
par un ressort. Ses mains retombèrent encore une fois sur le piano pour le fermer.
Elle se leva automatiquement, prit la

lampe et se dirigea vers la porte du salon.
Elle était belle à tenter l'homme le plus
blasé, dans ce négligé de nuit, avec ses
pieds nus flottant dans des sandales trop
larges, avec ses cheveux tombant capri-
cieusement sur ses épaules. Un moment,
elle hésita, puis d'un pas résolu elle sortit
du salon et gravit l'escalier de l'hôtel.

Je la suivais toujours, moins guidé par
une curiosité indiscrète que par l'idée de
lui prêter assistance pour le cas où il lui
arriverait quelque chose. Parvenue au premier étage, elle enfila le premier couloir
qu'elle rencontra, ouvrit machinalement
la porte de sa chambre et disparut. J'écoutais, tout en me reprochant mon indiscrétion. Quelques sanglots arrivèrent jusqu'à
moi, après quoi le silence de la nuit reprit
le dessus, et je jugeai que le moment était
venu pour moi de regagner mes pénates.

Je redescendis... J'arrivai tout bouleversé
à la porte de ma chambre. Le domestique
qui m'était apparu tout à l'heure m'y attendait en se frottant les yeux. Je crus devoir faire cesser son étonnement par quelques explications sommaires qui parurent
le satisfaire, et j'achetai son silence à prix
d'or. Je me retrouvais chez moi. Quatre
heures allaient sonner, et le jour s'annonçait par une clarté qui filtrait à travers les
carreaux. Je n'avais nullement envie de
dormir, et, sous l'impression de la scène à
laquelle je venais d'assister, j'eus beaucoup
de peine à pouvoir fermer les yeux, malgré
les fatigues de mon voyage et les émotions
multiples de la journée.

Je m'endormis néanmoins. Quand je me
réveillai, il faisait grand jour et le ciel, lavé
par l'orage de la veille, resplendissait sous
les rayons d'un soleil de printemps. Je ras-

semblai à grand'peine mes idées. Il me
sembla que j'avais fait un rêve, et j'eus
toutes les peines du monde à me persuader que je ne me mentais pas à moi-même.
Je me pris à réfléchir sur l'incident de la
nuit. Une foule d'idées bizarres venaient
m'assaillir, puis s'enfuyaient comme em-
portées par le même souffle qui les y avait
apportées. Une réflexion principalement,
que je faisais à part moi, ne me laissait
pas de repos. Comment, après l'opinion
qu'elle avait émise sur Schubert, était-ce
une mélodie de ce compositeur qui venait
hanter le sommeil de cette jeune fille et la
troubler à ce point de surexciter ses nerfs
et de faire agir sa pensée dans son corps
endormi? C'était là un mystère psychologique qui demeurait pour moi inexplicable.

J'attendis avec impatience l'heure du

déjeuner. Il me semblait qu'elle n'arriverait jamais. Elle sonna cependant. Quelques minutes auparavant, dans une anxiété
que tu comprendras facilement, je me di-
rigeai vers ce même salon qui avait été
pour moi, pendant la nuit précédente, le
théâtre de l'aventure dramatique que tu
connais maintenant. D'un rapide regard,
j'eus bien vite embrassé les quelques personnes qu'y s'y trouvaient. M. et Mme Sayer
y étaient seuls avec leur fils, qui montrait
toujours la même impatience à demeurer
en place. Je m'approchai d'eux pour les
saluer et prendre de leurs nouvelles. Ils me
sourirent amicalement. J'appris la raison
de l'absence de myss Lucie. Elle était souffrante et avait dû renoncer à venir prendre
sa part du déjeuner que l'on annonçait au
même moment. J'eus peur de laisser deviner quelque chose dans mon attitude

embarrassée et je cherchai à me contenir de mon mieux.

Le déjeuner se passa sans incident notable. La longue table était cette fois au grand complet et la conversation engagée dans tous les sens. Je pris sur moi, en dépit des préoccupations qui me troublaient, de causer comme tout le monde et avec tout le monde, sans négliger l'aimable M. Van Berghem que j'avais encore comme voisin de table. Cependant j'évitais avec soin tout ce qui pouvait avoir trait à la famille Sayer, dans la crainte de laisser échapper une parole compromettante qu'il me faudrait ensuite expliquer. Le soir, miss Lucie ne dîna pas encore à la table d'hôte. Pendant toute cette journée, j'avais vécu dans une anxiété bien compréhensible, n'osant demander de ses nouvelles, depeur de paraître indiscret, et cependant bien désireux de savoir au juste ce qu'il en était, par suite de l'intérêt instinctif que j'éprouvais pour cette jeune fille.

Vingt fois, je fus sur le point de raconter à M. Van Berghem mon aventure de la nuit, vingt fois je me penchai vers lui dans l'idée qu'il pourrait me mettre lui-même sur la voie. Je n'osai pas, ce qui fit dire à mon nouvel ami que ma conversation n'avait décidément aucune suite. Mais, dans la soirée, j'appris enfin de la bouche même de Mme Sayer que sa fille allait mieux que cette indisposition n'avait été qu'une forte migraine accompagnée de vomissements, qu'elle s'était levée et qu'elle comptait bien le lendemain reparaître en société. Du reste, il y avait une promenade projetée sur le lac pour ce jour-là, jusqu'à Lausanne, et miss Lucie ne voulait point y manquer. Elle m'offrit

d'être de la partie. J'acceptai avec recon-
naissance, non sans m'être fait un peu
prier, afin de ne pas paraître trop indiscret,
mais heureux que cette aimable famille
voulût bien m'admettre sans plus de façons
dans son affectueuse intimité.

Je passai une nuit affreuse, luttant contre le sommeil pour demeurer éveillé,
épiant tous les bruits du dehors, n'osant
espérer que mon aventure recommence-
rait, la désirant presque et la redoutant en
tous cas à cause des conséquences fâ-
cheuses que cela pouvait avoir pour la
santé de miss Lucie. Vers le matin, je m'endormis et ne me réveillai qu'au grand
jour, en entendant la grosse voix de M. Van
Berghem qui, debout auprès de mon lit,
me traitait de paresseux et m'assurait que
je ne serais jamais prêt pour le déjeuner,
qu'on avait avancé, afin de pouvoir monter

plus tôt sur le bateau qui devait nous conduire à Lausanne. C'est te dire quel chemin
j'avais fait depuis quarante-huit heures
dans l'esprit et dans le cœur de mon voisin
du premier jour, qui était appelé décidément à jouer à ce moment de ma vie le
rôle de *Deus ex machinâ*.

Tu vois, petite sœur, que je t'ai fait un
récit circonstancié de l'aventure qui me
conduit tout doucement au mariage. A
partir de ce moment, mon roman rentre
dans la banalité des romans ordinaires, et
tu n'attends pas de moi que je te raconte le
dénouement dans tous ses détails. Je ne
suis plus qu'un excellent jeune homme,
qui s'est épris d'une délicieuse jeune fille,
qui est admis à lui faire la cour, sur le
compte de qui on a pris des renseignements
qui ont été parfaits, et qui bientôt, dans
quelques semaines, trop longues pour son

impatience, épousera celle qu'il aime de tout
son cœur. Car j'aime miss Lucie, entends-
tu bien? Je te sais si moqueuse, que je te
vois d'ici prendre ton air railleur à cet
aveu pourtant si naturel. Pour tout te dire
en un mot, je l'aime, autant que ton mari
t'aimait lorsque nous lui fîmes l'honneur
de te donner à lui, autant qu'il t'aime encore. Et tu sais que c'est le seul mérite que
je lui reconnaisse.

Je ne veux pas cependant clore cette dernière page de mon histoire, après laquelle
je prétends entrer dans la catégorie des
peuples heureux qui n'en ont pas, sans
t'avoir dit en fin de compte comment il se
fit que, quelques jours après, je me vis
dans l'obligation d'appeler ton mari à mon
aide et pourquoi je te privai pendant quarante-huit heures du compagnon de ta
vie... Je retrouvai miss Lucie au déjeuner.

Elle était pâle et avait toujours un air souf-
frant et triste qui semblait un masque ap-
pliqué sur sa physionomie angélique. Je
courus à elle. Elle savait que j'avais demandé souvent de ses nouvelles et me
remercia simplement, mais affectueuse-
ment, d'avoir bien voulu m'intéresser à
son sort. Je m'assis en face d'elle et me mis
en demeure de déjeuner.

Le repas s'acheva rapidement. Chacun
avait hâte d'en avoir fini et déjà l'on entendait sur le quai la cloche d'appel du bateau
de Lausanne qui invitait les touristes à
venir profiter de la belle journée de mai
qui se préparait. Jamais soleil de printemps ne me réchauffa plus doucement le
cœur. A onze heures précises, nous quit-
tions l'hôtel, en bande joyeuse, et nous nous
installions sur le bateau, de notre mieux,
pour pouvoir jouir de l'admirable paysage

qu'allaient nous offrir les bords du lac de
Genève. Tu n'attends pas de moi, je sup-
pose, le récit de cette excursion. Tu ne
t'attends pas davantage à ce que je m'ex-
tasie à ton profit sur la beauté des sites, la
hauteur des montagnes, la profondeur du
lac, la transparence de ses eaux, le pitto-
resque des villes et des villages qui s'é-
talent tout le long de ses rives, d'autant
plus que cet adorable spectacle était singulièrement gâté par le peu de confort que
nous trouvions sur ce transport privé de
la marine helvétique. Tu penses bien,
n'est-ce pas, que je fus aimable durant tout
le trajet, aussi aimable que peut l'être un
homme vraiment épris et qui ne veut pas
encore se l'avouer à lui-même. J'étais loin
d'être repoussé, et mes intentions paraissaient appréciées par miss Lucie et par ses
parents. Je m'enhardissais d'autant plus

dans la déplorable route où j'étais lancé,
qu'il me semblait entendre ta voix à mon
oreille, me murmurant les mêmes conseils,
toujours aussi perfides, et que cette fois
tu devenais presque persuasive. En ren-
trant le soir à l'hôtel, je pus m'avouer,
sans fatuité, que j'avais fait un pas décisif
dans l'intimité de cette famille, ce que se
chargea du reste de me confirmer mon
ami, M. Van Berghem, par un « bravo »
très accentué et dans lequel je compris la
portée de sa sympathie. Je n'y tins plus et,
sans lui dire rien encore de la scène nocturne à laquelle j'avais assisté, je ne lui
cachai pas l'impression profonde que cette
jeune fille avait faite sur mon esprit et sur
mes sens.

« Ce n'est pas difficile à voir, me répondit-il. Vous ne pouviez, du reste, mieux
tomber, et si vous croyez à la Providence,

mon jeune ami, vous pouvez être assuré
qu'elle vous veut du bien, puisqu'elle vous
a mis sur le chemin de cette enfant, que
j'ai presque vue naître, et dont j'ai été à
même d'apprécier toutes les qualités et
toutes les vertus. Et avec cela, ce qui ne
nuit pas, beaucoup de fortune et une famille absolument honorable, ce qu'il ne
faut pas encore dédaigner par le temps qui
court. Ne vous inquiétez pas de sa santé.
Cette affection nerveuse dont elle souffre
tient surtout au chagrin qu'elle a éprouvé
à la suite de la mort de sa sœur. Cela se
passera. L'affection que vous lui vouez est
le meilleur remède que vous puissiez lui
offrir. J'ajoute que vous m'avez inspiré dès
le premier abord une véritable sympathie.
Je vous connaissais de nom ou plutôt je
connaissais monsieur votre père, à qui j'ai
eu plusieurs fois affaire, à l'époque où il

s'occupait de constructions navales. Je ne
crois pas me tromper en vous assurant, ce
que vous savez aussi bien que moi, sans
doute, que vous n'êtes pas trop mal ac-
cueilli par la famille Sayer, que le reste
dépend de vous, et que, si je puis quelque
chose pour vous faire obtenir la main de
miss Lucie, je suis tout entier à votre dis-
position ».

Je l'aurais embrassé!... Les quelques
jours qui suivirent ne furent pas perdus
pour moi. Je faisais ma cour avec toute
la discrétion que me recommandaient le
deuil récent de la famille et la prompti-
tude avec laquelle j'étais entré dans son
intimité. Quelques excursions dans les en-
virons venaient de temps à autre trancher
sur la monotonie de la vie quotidienne. Le
soir, après le dîner, on se réunissait au salon pour causer et faire de la musique.

J'avoue que je ne voyais pas arriver ce moment sans une certaine émotion. Je n'avais
jamais, depuis le premier jour de mon ar-
rivée à l'hôtel, osé aborder carrément le
chapitre d'une discussion musicale. Je me
rappelais trop bien la scène de la nuit, qui
pouvait avoir été la conséquence d'une
contradiction au sujet de Schubert. Ce fut
miss Lucie qui rompit la première le silence à ce sujet.

« Eh bien, monsieur..., me dit-elle, avec
une pointe d'ironie affectueuse. Voilà tout
le cas que vous faites de vos idoles. Un
beau jour, vous arrivez, vous parlez de
Schubert avec un enthousiasme prophé-
tique, et voilà trois semaines qu'il n'est
pas plus question de l'auteur du *Roi des
Aulnes* que s'il n'avait jamais existé... pour
vous du moins... Seriez-vous changeant,
par hasard ?

— Si j'avais pu penser, miss Lucie, que cela dût vous être agréable, répondis-je, croyez bien que je n'aurais pas attendu jusqu'à ce jour pour reprendre notre conversation interrompue. Mais votre opinion m'a semblé si nette, si arrêtée... que je me suis demandé si ce n'est pas vous qui aviez raison et si, moi je n'avais pas tort.

— Quoi ! c'est là toute votre conviction...

— Ma conviction est la vôtre ou plutôt je voudrais embrasser toutes celles qui vous tiennent au cœur... Voulez-vous me permettre de tenter votre conversion à Schubert ?... dis-je en m'enhardissant.

— Je ne suis pas entêtée et j'accepte la partie.

— Eh bien ! écoutez... « Et je me mis au piano. Je passai en revue l'œuvre mélodique de Schubert que je connaissais presque

par cœur, transcrivant, dans une sorte de
fantaisie improvisée, la plupart des mélodies de ce maître, les plus connues tout au
moins. J'hésitai à attaquer les *Plaintes de
la jeune fille*, ne sachant quel effet ce morceau allait produire. Miss Lucie écoutait.
Elle s'était rapprochée de moi et je pouvais
suivre dans ses yeux l'impression produite
par ces réminiscences mélodiques.

Aucun tressaillement de son visage ne
m'indiquait que cette musique lui produi-
duisît une impression quelconque. Ses
traits conservaient l'empreinte de sa bonté
angélique, sans manifester ni joie, ni chagrin. Elle s'intéressait pourtant très vivement à mon jeu. Parfois nos yeux se ren-
contraient, et dans un de ces regards fur-
tifs, rapidement échangés, je crus sentir
qu'elle était profondément troublée sans
qu'il me fût possible encore de deviner la

cause de ce sentiment qui m'échappait.
Dans l'entraînement de mon improvisation
j'attaquai comme malgré moi les premières
mesures de la mélodie des *Plaintes de la
jeune fille*. Je n'osais lever les yeux et je
m'abîmais intérieurement dans l'interprétation de cette page musicale où la douleur
est peinte avec une poignante expression
de vérité. Cependant miss Lucie s'était as-
sise. Ce mouvement me fit tourner la tête
et je crus lire sur son visage une vague
inquiétude. Je fis mine de vouloir inter-
rompre.

« Oh ! non... continuez, » fit-elle.

Je repris immédiatement, sur cette in-
jonction faite avec un accent qui traduisait
un tourment intérieur. Je ne savais que
penser et je mis toute mon âme dans l'exécution de cette mélodie, qui fut écoutée
dans un silence religieux. Quand j'eus ter-

miné, je me levai et me tournai du côté où
devait se trouver miss Lucie. Elle avait son
mouchoir devant ses yeux et de gros sanglots l'oppressaient. J'avoue que j'étais intrigué au dernier point et que ce rapprochement d'une mélodie d'un auteur méconnu par elle, avec cette surexcitation
nerveuse qui allait jusqu'au somnambu-
lisme, me confondait. Son père et sa mère
s'étaient précipités vers elle et elle les avait
rassurés d'un geste qui voulait dire que
cela ne serait rien. Elle se tourna aussitôt
vers moi, parut confuse de l'impression
par laquelle elle venait de passer et me
tendit la main.

« Vous avez raison, me dit-elle, c'est très
beau cela. Pardonnez-moi... mais un souvenir dont je n'ai pu me défendre... ma
pauvre sœur... c'était son morceau favori,
dans lequel elle avait lu comme le pres-

sentiment de sa mort... Elle aimait Schubert... elle... Ah ! dame, c'est qu'elle était bien plus musicienne que moi... Vous l'auriez mieux aimée que moi, sans doute, si vous l'aviez connue... Pauvre Camille !... »

Je crus devoir protester par un geste d'affectueux attachement. Elle fondit en larmes, puis résolument s'essuya les yeux et fit signe que c'était fini. Je crus avoir le secret de la commotion qu'avait dû lui produire ce morceau, et, par un rapprochement d'idées facile à comprendre, ma scène nocturne se trouvait maintenant expliquée. Dans l'état de surexcitation nerveuse où miss Lucie se trouvait le premier soir, en lui parlant de Schubert, j'avais évidemment réveillé en elle un chagrin qui l'avait agitée au point de produire ce phénomène physique dont j'avais été le témoin. Je ne fis part de ma découverte à personne

et me promis d'agir une autre fois avec une
circonspection qui avait pu me manquer
dans cette circonstance, où j'étais loin de
m'attendre que mon enthousiasme pour
Schubert amènerait un semblable résultat.
Comme je suis un peu médecin, ayant fait
de tout, comme Figaro, je me promis de
soigner moi-même cette affection chez ma
femme et de la guérir.

« Il est tard, tu devrais venir te coucher,
fillette, » dit M. Sayer, en embrassant sa
fille d'un regard de tendresse dont j'eusse
voulu prendre ma part.

Des bonsoirs furent échangés. Il me sembla ce soir-là que miss Lucie m'avait serré
la main avec toute son âme. J'étais heureux, ma chère sœur, heureux puisque tu
n'avais jamais en somme prêché qu'un con-
verti à qui il fallait une jeune fille et non
pas une demoiselle. Je ne sais pas si tu

comprendras bien la nuance que j'établis
entre ces deux mots. Elle existe cependant.
Toi, tu ne m'avais présenté que des demoi-
selles.

Et voilà l'histoire de mon mariage, ma
pétite Louise. Voilà mon roman, qui sera le
seul que j'écrirai jamais, sois-en sûre. Voilà
pourquoi j'ai prié monsieur ton mari de
venir m'assister en cette circonstance so-
lennelle de ma vie, pourquoi l'excellent
homme est accouru puis reparti, et pourquoi dans deux mois, dans trois mois au
plus, je serai marié tout comme un autre.
Là-dessus je t'embrasse, ma Louise chérie,
et j'embrasse tous tes moutards à qui tu
pourras annoncer que je leur fais cadeau
de la tante la plus adorable qu'ils puissent
rêver dans leur jeune imagination. Je ne
dis rien pour monsieur mon beau-frère qui
m'a quitté avant-hier seulement; mais je te

prie de me croire toujours le plus respec-
tueux comme le plus affectionné des frères.
Je t'embrasse.

P.-S. — Je dois t'avouer, pour être sincère, et à mon grand regret, que ton mari
n'a pas plu du tout ici. On l'a trouvé con-
trefait et peu spirituel pour un Parisien.
J'ai assuré qu'avec lui tu étais la plus malheureuse des femmes. On n'a pas eu peine
à me croire, et je n'ai rien fait pour donner
le change à nos nouveaux amis. Dis-le-lui
bien.

FIN

TABLE

L'AMOUREUX DE LA MORTE...................... 5

UNE MÉLODIE DE SCHUBERT................... 119

ÉMILE COLIN — IMPRIMERIE DE LAGNY

AVIS DE L'ÉDITEUR

Le but de la collection des *Auteurs célèbres*, à **60** centimes le volume, est de mettre entre toutes les mains de bonnes éditions des meilleurs écrivains modernes et contemporains.

Sous un format commode et pouvant en même temps tenir une belle place dans toute bibliothèque, il paraît chaque quinzaine un volume.

CHAQUE OUVRAGE EST COMPLET EN UN VOLUME

POUR LES N°ˢ 1 A 285, DEMANDER LE CATALOGUE SPÉCIAL

286. JANIN (J.), Contes.
287. CAZOTTE (J.), Le Diable Amoureux.
288. LHEUREUX (PAUL), Le Mari de Mademoiselle Gendrin.
289. LEROY (CHARLES), Un Gendre à l'essai.
290. MARTIAL-MOULIN, Le Curé Comballuzier.
291. AURIOL (GEORGES), Contez-nous ça !
292. HENRI ROCHEFORT, L'Aurore boréale.
293. SILVESTRE (Armand), Les Cas difficiles.
294. JANIN (JULES), Nouvelles.
295. HOFFMANN, Contes fantastiques.
296. EUSEBIO BLASCO, Une Femme compromise.
297. GROS (JULES), Les Derniers Peaux-Rouges.
298. D'ARCIS (CH.), La Justice de Paix amusante.
299. TOLSTOÏ (LÉON), Premiers Souvenirs, *Maître et Serviteur*.
300. TONY RÉVILLON, Les Dames de Neufve-Eglise.
301. CAMILLE FLAMMARION, Qu'est-ce-que le Ciel ?
302. UZANNE (OCTAVE), La Bohême du Cœur.
303. COTTIN (Mᵐᵉ), Elisabeth.
304. MOREAU-VAUTHIER (CH.), Les Rapins.
305. CANIVET (CH.), Enfant de la Mer (couronné).
306. SILVESTRE (AMAND), Les Veillées galantes.
307. GUICHES (GUSTAVE), L'Imprévu.
308. GROS (JULES), Aventures de nos Explorateurs à travers le Monde.
309. BARRAL (GEORGES), Napoléon Iᵉʳ. Messages e politiques.
310. NACLA (Vᵗᵉˢˢᵉ), Par le Cœur.

En jolie reliure spéciale à la collection, 1 fr. 25 le v

(ENVOI FRANCO CONTRE MANDAT OU TIMBRES

PARIS — IMPRIMERIE E. FLAMMARION, RUE RACINE, 26.

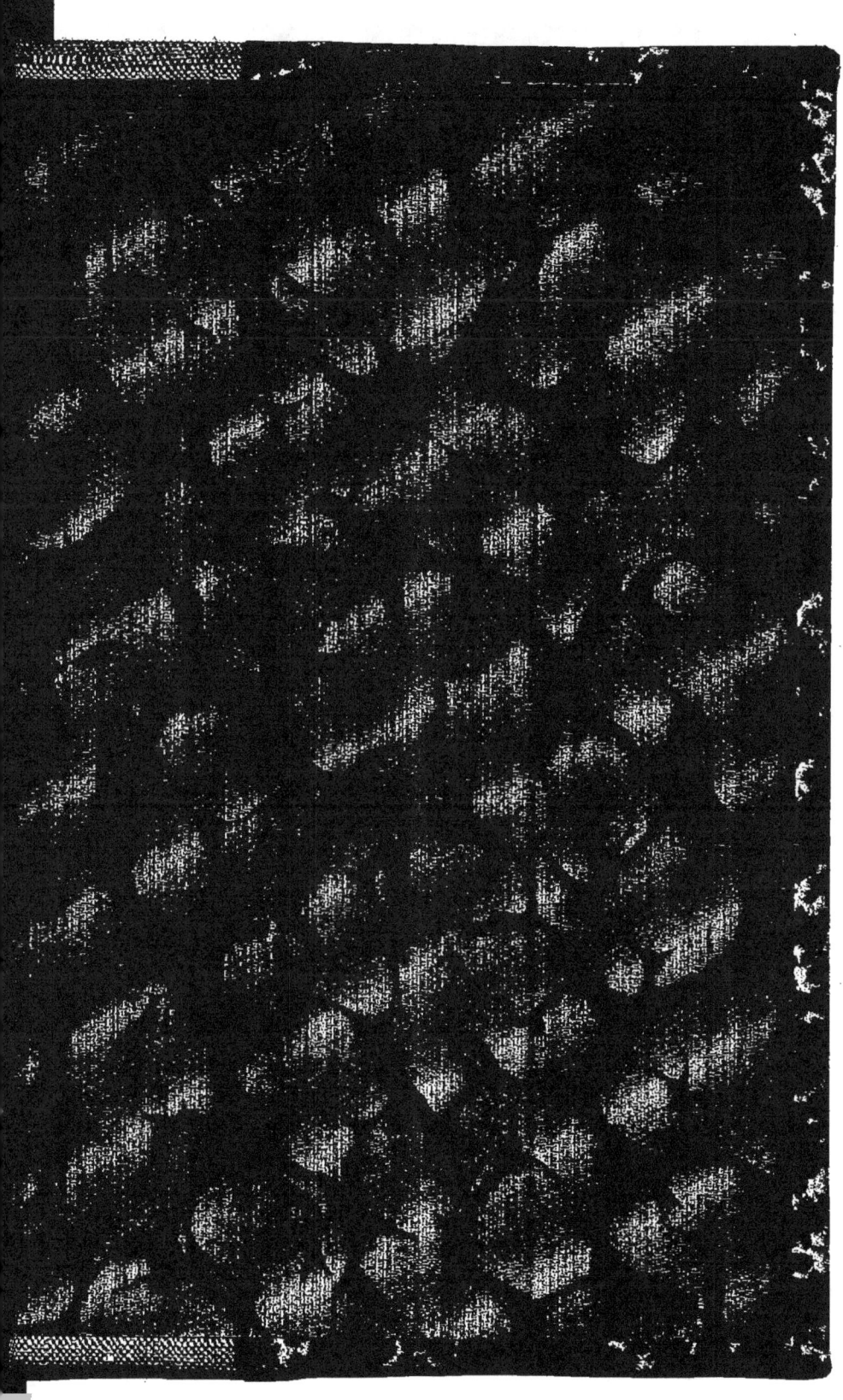

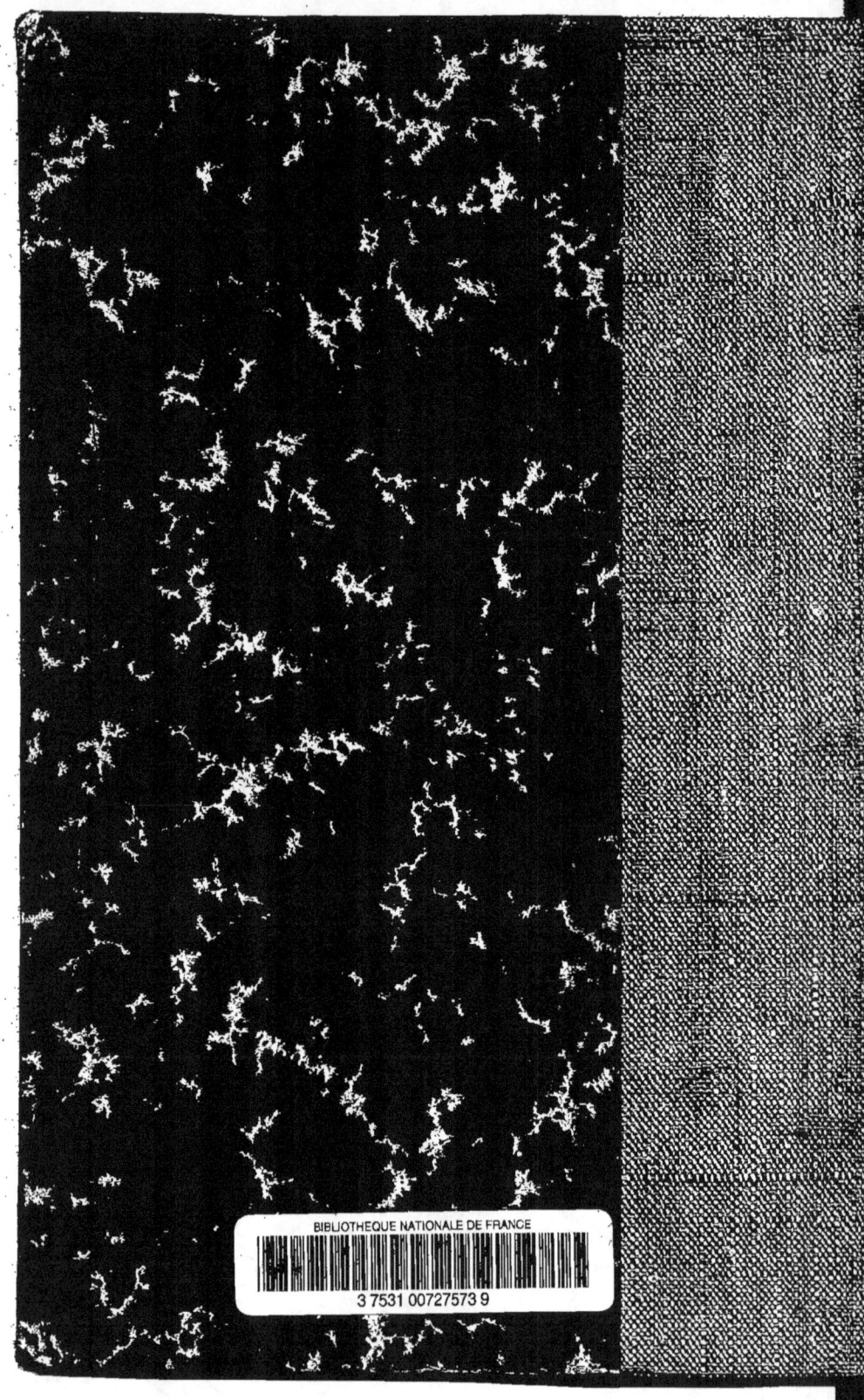